JN088773

がんぴん

贋品

浅沢英

Asazawa EI

徳間書店

目次

装幀　泉沢光雄
カバー写真　Sylvain Sonnet/Jay's photo/gettyimages

一章　ピカソ

「佐村(さむら)くん。十億円ほど、稼(かせ)いでみぃひんか」

画商だった父を知る山井(やまい)青藍(せいらん)という元画家の男にそう言われたのは、冬の終わりのことである。

ミナミの老舗(しにせ)の珈琲屋にいた。

オレはテーブル越しに山井の顔をチラリと見た。

「働いとらんのやろ。見たらわかるよ。せやけど若い人が、ブラブラしてるのはええことないな。東京のシステム会社でもバリバリやっとったんやろ。たしか英語もペラペラやろ。大学時代、ロサンゼルスに留学したって、昔、お父さんから聞いたことあるで。いま、何歳や」

「三十四です」

「彼女はおるんか」

「いません」

「ほんで、阿倍野(あべの)の実家の処分は終わったか？　やっぱり、収穫なしか」

オレがうなずくと山井は笑った。

「親から引き継いだ財産、わしが預かって売ったあの絵の五十万円だけか?」

「家も土地も長年、借金の抵当に入ってましたから、しかたないです」

「元気だせ」

山井はテーブルの上に五枚のA4紙を置いた。

今から、十年あまり前の美術品強奪(ごうだつ)事件を伝えたフランスAFP通信の日本語訳の記事だった。

オランダ、ロッテルダムにあるクンストハル美術館から展示中の油彩画が盗まれた。ピカソ一点、モネ二点、マティス一点、ゴーギャン一点、フロイド一点、ハーン一点の計七点。所有者はオランダの財団で、被害額は市場価格にして二億ユーロ(日本円で二百四十億円あまり)。

防犯カメラに映った犯人グループは六人。

犯行時間は三分足らず。

最初の一枚にはそうあった。

二枚目と三枚目は事件の続報である。

ルーマニア人の男六人が捕まったが絵は戻らず、主犯格の男の母親は証拠隠滅(いんめつ)のために絵は焼却したと告白した。

捜査当局と美術館が、残っていた灰を採取して科学鑑定を行った結果、二十世紀後半以降には使用されていない顔料の成分や十九世紀以前の額縁用の釘(くぎ)が確認され、少なくとも三点の古い絵が燃やされたことに間違いはないとわかった。ただし、専門家はこれらが盗難にあった絵画のものかどうかは明言せず、犯人自身も裁判で絵は燃やしていないと断言している——。

　四枚目と五枚目は、四年前の記事だった。

　盗まれた七点のうち、ピカソの一点がルーマニアで発見された。絵は一九七一年、最晩年のピカソが描いた油絵で、焼却灰が示す古い絵とは無関係であることから真作（しんさく）の期待が高まったが鑑定の結果、偽物（にせもの）とわかった——。

「つまりな、パブロ・ピカソの絵は焼かれてしもうたか、今もどっかにあるか謎のままなんや」

「いつか見つかりますかね」

　オレはトイレに立った。


　山井が絵を売ってくれた金で借りたオレのマンションは、珈琲屋から歩いて十分ほどのミナミのはずれ、島之内（しまのうち）にある。

　三日ほどして、また山井に呼び出された。

　オレはしかたなく出かけた。

「覚えとるか、ピカソ。四十八億円やで」

「一億円の間違いじゃないですか。前に山井さんが見せた記事に八十万ユーロって書いてありましたよ」

「甘いな。八十万ユーロは、保険会社が犯人相手に起こした損害賠償請求訴訟の判決のなかにあった数字にすぎん。慰謝料を差し引いたピカソ一点の価値が、八十万ユーロと計算されただけのことや」

山井はポケットから、翻訳されたヨーロッパの美術専門誌のネット記事を引っ張り出した。専門家は、クンストハルから盗まれたピカソの市場価格は、現時点でも四千万ユーロ、四十八億円と断言していた。

「十数年前やけど、初期のピカソの『パイプを持つ少年』ちゅうのが、サザビーズのオークションで百億円を超えた。その後、ラスベガスのホテル王が持っとった絵には百六十五億円の買い手がついた。八年前のクリスティーズのオークションでは二百十五億円や。

ピカソも値段は様々や。あれはピカソのなかでは新しい絵やし、大きな絵とは違う。せやけど特別な絵なんや。ピカソが最後に描いた油彩のアルルカンなんや。旅芸人の道化師や。長い生涯で数え切れんくらいピカソはアルルカンを描いた。その最後のアルルカンの油絵が、八十万ユーロなわけがあらへん。今、アートの世界は、どえらいことになっとるんや」

山井はそのましゃべり続けた。

三十年前、土地バブルが崩壊して日本のアート市場は小さくなったが、海外の市場は逆に膨らみ続け、今もその勢いは止まらない。メガコレクターと呼ばれるコレクターたちは専属のアート・コーディネーターを雇って情報を収集させ、どんどん絵を買わせている。

展覧会を企画するキュレーターやギャラリスト、オークション会社のスタッフなどの経験を持つアートの専門家であるコーディネーターは、投資ビジネスを理解する金融アナリストの顔も持っている。何ヶ国語も操る彼らは、メール一本で一億円ぐらいの買い物を即決でおこなう。新進作家の現代アートは短期投資で、ピカソやモディリアーニ、マティスなどのオールドマスターの絵は五年、十年の長期投資として買われる。

今や奇特なコレクターの寄贈でもなければ、美術館がオールドマスターの絵を入手することは難しいと言われるほど、絵はコレクターの元に集まっている。

「盗品かて売れるんやで」

話を遮（さえぎ）ろうとしたが、山井は止まらなかった。

「美術品の盗難いうのは、保険金目的やと言われてきたんや。美術館も個人コレクターも高額の美術品には盗難保険をかけとる。保険会社は、支払わんならん保険金よりも低い金額で買い戻そうとして交渉に応じるんや。せやけど、今やそれも古い話や。クンストハルの油絵みたいに、犯人が保険会社と交渉もせんと戻って来ぇへん美術品は多い。

盗難事件が起こったらメディアは、表沙汰（おもてざた）になった事件の、ましてや世界的名画の盗品を金に換えることできんて言うんやが、アートの世界にちょっと詳しい人間なら、そんな話は真っ赤な嘘やとわかっとる。盗まれた絵は黒市（ヘイシー）を流れるんや。黒い市場で黒市や。わし、中国語いうたら、これと、あともう一個くらいしか知らんのやけど、ようするにブラックマーケットや。恐い話やあらへん。表のオークションとは違うということや」

ユネスコ条約で国際的に盗難美術品の時効は三十年と決まっている。

ピカソの絵はあと二十年経てば堂々と売買できる。

時効になった後、かりにもとの所有者が権利を主張しても、盗品と知らずに買ったと主張できれば、最後の所有者の買い値は保証される。買った人間が損をすることはないから盗品は売買されていく。

「置いとく場所があるんや。フリーポートや。表向きは輸出入の中継地の倉庫で、ここに置いているかぎり付加価値税も関税もかからん。事情も訊かんと十年でも二十年でも預かってくれる。別名、無税倉庫や。盗品も、まともな絵と一緒にフリーポートからフリーポートへ流れていく。ほんで、時効が明けたら、ポンと世の中に出てきよる。盗まれたピカソが、そのとき、なんぼの値段になっとるのか、想像もつかんな」

山井は、そこでようやくカップに残っていたコーヒーを飲み干して、ニコリと笑った。

「佐村くん、お腹空いてないか」

近くのお好み焼き屋で、山井は昼から小瓶のビールを頼んだ。

「わし、今日も近鉄電車で東大阪から来たんや。運転免許、持っとらんのや。佐村くんも歩きやろ。ちょっと飲みぃ」

オレがビールに口をつけると、山井は声を落とした。

「ほんで盗まれたピカソやけどな、いまはフリーポートにはない。東大阪にある」

「えっ?」思わず苦笑いが出たが、山井は目が本気だった。

「天心教って知っとるか?」

「天心花火の天心教ですか?」

「せや」山井はうなずいた。

大阪と奈良の間に横たわる生駒山系の大阪側の山の中腹に、いくつかの新興宗教の施設がある。天心教は、そのなかのひとつで毎年、花火大会を開催することで知られている。

「ピカソ、天心教団の本殿の特別室にある。天心教の前は、芦屋の金持ちの家や。その前はシンガポールのフリーポートにあったらしい。三年前、芦屋の金持ちが死んで、ひとり娘が盗品やと知って教団に相談しよった。その娘、熱心な信者や。教団は寄贈を迫ったらしいが、さすがに話がまとまらんで二億円で買いよったんやが、タダ同然で取り上げたみたいなもんや。

この話、ほんまやで。ゴルフ場で一緒に球拾いのバイトしとる教団事務局の女性から聞いたんや。わしもう絵描きの仕事では食うていけんのや」

お好み焼きの鉄板の熱に顔が火照った。

オレはビールを飲みながら山井を見た。

「佐智子さん、あっ、その女性、川村佐智子さんいうんやけどな。ご主人の浮気に悩まされて入信しはったんや。昼に事務局に出勤する前にアルバイトしてはる。

半年前、ご主人が交通事故で亡くなって生命保険が転がり込んだから、バイトの必要もなくなったんやが、気分転換がしたい言うてゴルフ場の球拾いに来はったんや。わしが絵描きやて知って、事情をすっかり話してくれはった」

教主に近い場所にいる彼女は、絵が本殿の特別室に運ばれてきたことも、いきさつも知っていた。最初は何とも思わなかったが、夫が交通事故で死んで苦痛から解放されてしまうと教主のやり口が許せないと思えてきて、事務長に談判した。だが、六万人も信者がいればいろんな筋の人間がいると逆に凄まれたのだという。

「佐智子さん、どないしたらええんですかて言うから、わし、まずは本物かどうか確かめるべきやて言うたんや。そしたら特別室に入れてくれはった。ほんまは教主しか入れん部屋やけど、鍵を管理しとる事務長に、お布施を二十万円渡したら、すんなり話がついたんや。腐っとるで、あの宗教。ま、それはええ」

特別室で写真を撮って、真贋判定の有力な判断材料のひとつである画家の生涯の総作品目録、通称カタログ・レゾネと照合したところ、ぴったり一致した。

山井が見せた携帯の画面に、三角形の帽子をかぶった左右の目が段違いの道化師の絵があった。

山井は特別室で額装を外して、キャンバスからこっそり採った糸切れを検査ラボに持ち込んで年代測定にもかけていた。クンストハルから盗まれたアルルカンは一九七一年制作である。キャンバスの麻布がそれより新しければ真っ赤な偽物だが、山井が見せた放射性炭素年代測定の検査結果は一九六七年以降だった。

「つまり、本物なんや」

オレは山井のコップにビールを注いだ。

「天心の教主、この春に布教行脚で三週間近く不在になる。佐智子さん、その間に絵を持ち出させてもらう約束を事務長から取り付けはった。事務長、今度はお布施を二百万円要求してきよった。わし、そんなこと、やめとこて言うたんや。せやけど、ご主人が亡くなったときの保険金がある言うて引かんのや。

佐智子さん、お金が入ったら寄付する福祉施設を二十ヶ所ほど決めてはる。それでせめて教団に罪滅ぼしをさせたいと思うてはるんや。ほんで、山井さんも、ちゃんと取り分を取ってくださいね、ゴルフ場のアルバイトなんかやめて一日、絵を描いてくださいねて、言いはるんや。わし、やろかと思うてな。一緒にやらへんか。さむちゃんかて、いつまでも遊んでるわけにいかんやろ。昔、お父さんには世話になった。亡くなって十年かな。お母さん、絵画教室を開いて交換会で絵を仕入れて頑張ってはったのに無理がたたって急に逝ってしまいはった。この儲け話は佐村家へのわしの恩返しでもあるんや」

いつの間にか、オレは「佐村くん」から「さむちゃん」に変わっていた。父の知人ならせめて下の名前で隆(たかし)くんだろうと思うが、不思議と嫌な気はしない。

「心配すな。盗んで売るわけとは違う」

山井はコースターを手に取ると、コテにソースをつけて器用な手つきで何か書き、目の前にポンと置いた。

〈贋品〉

コースターには、そう書かれていた。

「日本語で言うたらガンピン、中国語やとイェンピンや。持って来た絵を根こそぎ調べて、そっくり同じ絵をつくって、中国で売る。

わしがピカソを描くんと違うで。そんな時代はとうに終わった。これからはデジタルの時代や、それも3Dデジタルの時代や。絵具が使える精巧な3Dプリンターがある。五年くらい前に日本コピー機のメーカーが二社、ほとんど同時に商品化してばんばん売れて、いよいよ大型機種が出て来た。アートの世界では複製画づくりで大活躍や。そいつに完璧なピカソを描かせる。

あの絵の裏には画商のシールもピカソのメモ書きもあらへん。手間が省ける『良品』や。買うた方も、どうせ、何ヶ月後か何年後かに誰かに絵を売って何十億と儲けよる。他人を泣かせる話とは違う」

オレは半分残ったコップのビールを飲み干した。

心療内科で処方してもらう睡眠導入剤はどんどんきつくなったが、毎晩まともに眠れなかった。東京で起業に失敗してつくった借金が五百万円あった。


昼間から居酒屋で山井と飲んだ。

夕方、酔い覚ましに入った近鉄電車の駅に近い地下街のコーヒーショップで、山井はメモを見せた。

「ほんで、メンバーはこの四人や」

川村佐智子
山井青藍
佐村隆
楊文紅（ヤンウェホン）

「この楊さんが、東京の修復工房の女のコですか」

「そや、日本の大学院を出て学芸員の資格も持っとる。日本語も英語もぺらぺらや。中国語は北京（ペキン）語も広東（カントン）語も使える」

「どうやって知り合ったんですか？」

「あっ、言わんかったか。わし、絵画修復のアルバイトもしとるんや。素人さんの絵に筆を入れて根本的に修復する仕事が、ときどきまわってくる。それが縁や。変な関係と違うで。純粋に、わしも文紅も、ひとヤマ当てたいという話や」

「しかし、山井さんが登記した会社の取締役の肩書で、天心教団の代理人になりすまして、盗品のピカソの売買交渉をするって、凄いですね」

「まだ若いで」

「いくつです？」

「二十八歳や。せやけど度胸がある、それにココが抜群にええ」

山井が人差し指で、頭をコンコンと叩く。

「これが、大学院時代の論文や」

山井が携帯で検索した画面に、楊文紅の名で発表した日本語と英文併記の論文のタイトルがふたつあった。ひとつはオークションの形成に関するもので、ひとつはアート市場の変遷と展望に関するものだった。

「さっきメールのやりとりを見せたとおり、文紅がちょっと話を持ちかけただけで、盗品のピカソを何十億円も出して買いたいいうコーディネーターが五人も十人も出てきたんや。あのなかにアメリカ人の専属コーディネーターが窓口になっとる中国のメガコレクターがおったやろ」

山井はまた声を落とした。

「二日前に文紅、香港へいってきた。ほんで、その専属コーディネーターと直接会うて大方の話をまとめてきた。いまのところ四十八億円や」

「マジですか」

「ああ」山井は赤い顔でうなずいた。

「メガコレクター本人は、超が十回くらいつく中国の富裕層や。四、五十億円くらいの金、屁でもあらへん。来月の終わりに、香港の湾仔で、でっかいアートフェアが開催される。その会場でアメリカ人のコーディネーターに挨拶して、その日のうちに最終交渉と契約をする予定や。

アートフェアの三日後に、天心の教主が布教行脚に出る。佐智子さんが絵をこっそり預かってきはる。念のため、わし、特別室に入れてもろうたときに鍵を粘土材で型取りして合鍵をつくってある。全部の鍵がコピーできたわけと違うけど、万が一、不測の事態がおこっても佐智子さんが案内してくれたら特別室に入れる。絵は絶対に預かってくる。

絵は絵具層の内部から画材まで光学調査ですっかり調べて、教主が戻って来る前に教団の特別室に返してしまう。今、契約して実際に絵を売買するのは半年後ということで話がまとまっとる。わしら、半年かけて、ゆっくりと表面から内部までオリジナルとそっくりの完璧な贋作をつくる」

山井は「ほかにも、色々段取りはついとる」と、画材集めの計画を語った。

古い絵具類は友人が三代目の社長を務める老舗の画材店から調達する。キャンバスの木枠(きわく)や麻布、釘はピカソと同じ時代のアマチュア画家の絵を買い取ってバラして使う。

「キャンバスはわしが手作業で組む。まかせとけ。こう見えてもわし、東京の芸大の油画専攻を五番で卒業しとるんや。キャンバスつくるくらい朝飯前や」

「それで、山井さん」

訊きかけたとき山井が上目づかいにオレを見た。

「ほんで、最終交渉と契約の話やが、文紅はあくまでも代理人や。契約の当事者になる教団の人間が必要や。さむちゃん、事務長補佐の佐村隆として香港へいってくれへんか」

そういう話だったのかと思いながら、オレは言った。

「じゃ、どうして教団が売るなんて話にしたんですか。バレるでしょ」

「何から何まで嘘というのは説得力に欠けて交渉も進まんもんや。文紅も頑張ったけど、ほんまに絵を持っとる教団の代理人を名乗ったから、ここまで話が進んだ。それに、専門家が知識と経験で真贋を判定するような時代はもう終わった。鑑定も光学機器で科学的におこなう時代や。誰も絵の売主やら絵の来歴を調べまわったりはせえへん。それでも、契約の相手がほんまに存在するかどうかくらいは確認してくるけど、照会が入ったら事務長が、佐村隆はたしかにうちの事務長補佐で絵の件は全権を任せていますて、言うてくれる。佐智子さんが渡す二百万円のお布施は、それもふくめての二百万円や。交渉は文紅がやりよる。さむちゃんは隣に座っとるだけでええ。英語で挨拶して、話を聞いて、天心教団の代表として契約書にサインをしたら仕事は終わりや」

山井はテーブルの上に封筒を置いた。

「二十万円、入っとる。支度金や。身なりはビジネススーツくらいで充分や。報酬のことは心配するな。悪いようにはせえへん。とりあえず、佐智子さんに会うてくれ」

子どもはおらず夫が他界して独り身になったという川村佐智子は、珈琲屋のテーブルで山井の隣に座って遠慮がちにほほ笑んだ。

色の白い綺麗な中年女性だった。

「大丈夫ですよ。安心してください。絵はわたしが責任を持って借りて来ますから。主人が死んで入った保険金は、全部このために使ってください。入ったお金は皆さんで平等に分けましよ」

完成させた絵を香港に持っていく前にカードキーと暗証番号で開く貸金庫を借りる。ひとりはカードキーを持つ。もうひとりは暗証番号を管理する。もうひとりは契約書で指定する口座の印鑑を持ち、通帳は貸金庫に入れる。山井は何も持たない。資金洗浄された金が振り込まれた後、四人で銀行にいき、通帳と印鑑を貸金庫から取り出して少しずつ仮想通貨に換えて山分けする。

説明を終えた山井は、どや顔でオレを見た。

「これやったら全員安心や。いちおうネットバンキングのＩＤと暗証番号も設定するけど、絵を持っていく前に廃止する。カードもつくらんとあかんけど、これもハサミで切って壊してしまう。完璧な信頼関係やろ」

楊文紅とは、大阪駅にあるホテルのティーラウンジで会った。

学究肌の青白い顔を想像していたが、誰が見ても美人としか言いようのない女のコが待っていて驚いた。文紅は合理的な美人だった。すでに東京の修復工房をやめ、大阪の吹田に部屋を借りて移動に使う軽自動車を準備していると知って、山井がトイレに立ったときに訊いた。

「失礼だけど、楊さんは、なぜこの話に参加するの？」

「お金がほしいにきまってるじゃない。ほかに理由なんてある？」

あまりにシンプルな答えの前でオレは何も言えなくなった。

二日後にまた、老舗の珈琲屋で山井に会った。

「こないだの話のとおり、佐智子さん、絵を借り出すために事務長に渡す二百万円とは別に軍資金を四千万円も出してくれはる。それが佐智子さんの全財産や。死んだご主人、方々へ借金があって、手元に残った保険金がそれだけや。それ、全部、預けてくれはる。ほんで、これが軍資金の分担や」

川村佐智子　4000万円（初回800、2回目800、3回目2400）
他三名　2000万円ずつ（初回800、2回目800、3回目400）

「分担金って何なんですか。二千万円なんて無理ですよ。佐智子さんの保険金でやるんじゃないんですか」思わず、声を荒らげた。

「全部で一億円、必要なんや。一千八百万円の光学機器がひとつ必要になる。3Dプリンターは付属のシステムも入れて四千万円する。法人登記をした会社が三つほどあるけど、決算書が出せん幽霊会社やから高額のリース契約は結べんのや。少額の機器もふくめて全部キャッシュで購入する。仕事場のマンション、3Dプリンターの設置場所、画材集め、年代測定の費用……。いろいろ入れたら一億円や」

「楊さんも、二千万円を出すって話ですか？」

「せや。これがぎりぎりの金やけど、出しよる」

「オレは、無理です」

山井はオレを無視してしゃべった。

「軍資金は、三回に分けて集める。佐智子さんには3Dプリンターの支払いのときに一気にお願いする。わしと佐智子さんは、初回分をもう振り込んどる。これは、絵を売った金を受け取るのとは別の軍資金用の口座の通帳や」

見るとたしかにふたりは金を振り込んでいる。

「わしの軍資金、全部借金や」

年金手帳と四千八百万円の借用書に山井満男(みつお)の名があった。

それが、山井の本名らしい。

「ほかにもいろいろあって、これだけ借りとる。最初の軍資金を全部持って逃げても、わし、何の解決にもならへん。せやから安心せえ。ついでに言うとくと、わしが借りた金融屋、生命保険を担保に金を貸してくれる。短いもんやと二年以内の自殺には保険金は下りへんけど、貸してくれる業者もあるんや。わし、知らん会社の役員にされとる。わしが死んだら、会社に保険金が入って、それが金融屋に渡る。わしが自己破産しても借金は消えへん。掛け捨ての生命保険て自己破産の対象外や。わし、絶対に逃げられへん。せやからなおさら信用してくれ。

ほんで、分担金の件やけど、さむちゃんにも、この金融屋、紹介する。わしは年金も担保に差し出したけど、さむちゃんは若いから生命保険だけで充分や」

山井は名刺(めいし)を一箱オレに渡した。ゴールドの教団のロゴが入った〈事務長補佐　佐村隆〉の名刺だった。

諭すような口調で山井は言った。

「嫌やったらやめてもかまへん。無理強いする話とは違うからな。今から下りても、わしはさむちゃんを恨まへん。せやけど、できたら一緒にやってくれ。香港で契約が結べんことには安心して話を進めることができん。最低でも三十六億円は死守する。四人で割ったら九億円や。それが最低ラインや。さむちゃん、踏ん張ってみんか」

「申し訳ないです」

腰を上げかけたとき、父の死顔が頭に浮かんだ。

北浜に持っていた画廊を畳んだ後、実家の一階をギャラリーにして商売を続けた父は、オレが大学を卒業して東京のシステム会社に就職した後、仕事にいき詰まって首を括って死んだ。長く画商を続けていれば、父にも棚ボタみたいなチャンスはあったはずである。そのチャンスを父は摑めなかったに違いない。

何もかもお膳立てが整ったこの話から逃げてしまったら、オレもいつかは父と同じ道を辿るのかもしれない。

山井がささやいた。

「さむちゃん。やろうや」

ミナミの坂を上がった教員会館の近くにある金融屋の事務所で、オレは何枚かの書類にサインをした。

「電話には必ず出てくださいね。利息は、月にいっぺんここに現金を持って来てください。免許証も忘れたらダメさ」

沖縄訛りの金融屋に、そう約束させられた。

金はすぐに振り込まれた。

余分に借りて、東京の借金を清算し、半年間の生活費と金融屋に毎月払う利息用の金を手元に残した。

金融屋から電話がかかったのは、香港へいく三日前である。

もう最初の利払いだという。しかたなく借りた金のなかから三十万円を下ろして事務所へいくと、金融屋は言った。

「あの画家の先輩、元気ですか？　もし仕事に困ったらここへ来るように言うてください。佐村さんもいつでも言うてくださいね。間違っても逃げ出したらだめさ。前にもいたんですよ。逃げた人……。結局、見つかったさ。神様はどっかで見てるさ。うちの紹介で半年ほど山奥の工事現場で働いた後、亡くなったんですよ。崖から落っこちたんです。

警察に駆け込んだ人もおったんですけど、誰も調べに来んかったです。ちゃんと許可とってやってるし、警察の偉いさんにもうちのお客さんはおるしね。その人も事故で死んださ。

外国に逃げた人もおったんですけど、観光ビザが切れて強制送還されて戻って来たさ。その人も、たしか死んだはずですよ。とにかく逃げると罰が当たるさ。佐村さんは、そんなことはせんね。佐村さんは頭いいさ」

事務所を出て、金融屋の脅しを聞くのもあと半年のことだと自分自身に言い聞かせた。

＊

文紅と降り立った香港国際空港は、半袖姿の乗客が目についた。

「三月終わりの香港なら、こんなものよ。亜熱帯なの」文紅は言った。

エアポートエクスプレスで宵の香港駅に着き、二階建ての路面電車が走る中環のホテルにチェックインすると窓の外はもう夜景だった。

海狭をはさんで西九龍文化区に建つ巨大美術館Ｍ＋が見えた。

その隣で香港一の高層ビル、インターナショナル・コマース・センタービルが壁面を利用した照明の空間芸術を展開している。

オレは窓際のイスに座って「天心教団事務長補佐の佐村隆です」と英語の自己紹介を口のなかで繰り返した。

アジア最大のアートフェアの会場である湾仔の展覧中心には朝から多くのアートファンが詰めかけていた。ブースを見てまわり、三階のＶＩＰラウンジで、メガコレクター専属のアメリカ人コーディネーターの青年と名刺交換をする。

ブロンドの髪を綺麗に撫でつけたコーディネーターと握手をして、ホテルに帰ってベッドに寝ころがっていると、文紅が電話をかけてきた。

「さっき、東京の画廊を名乗る男から天心教の事務長に佐村さんの身分照会があったみたい。

想定どおりね。大丈夫よ」

　香港島と九龍半島を結ぶ西側の海底トンネルをタクシーで抜けて、最終交渉のために、尖沙咀(チムサーチョイ)の高級ホテルへ出向いたのは宵の七時である。

　案内された部屋に入った瞬間世界が反転した気分になった。

　足元から吹抜けの天井(てんじょう)まである巨大な窓の向こうに、今日一日いた場所が、綺麗な夜景になって広がっていた。見下ろす海峡のすぐ向こうに見える丸い光の環は、アートフェアの会場である展覧中心で、その両側に、銅鑼湾(コーズウェイベイ)から上環(ションワン)にかけてのビル群が並んでいる。右手のひときわ高いビルは中環の高層ビルだった。

　コーディネーターが部屋の奥から戻ってくる。

　後ろに、紺色のロングドレスを着た背の低い中華系の女が立っていた。

　立ち上がった文紅にならって、オレも腰を上げる。

「徐 在(シューツァイ)です」

　アメリカ人が彼女を紹介する声を聞きながら、女の顔から目が離せなくなった。

　改革開放路線に乗って成功した父の跡を継いで、独特の合理主義で中国を代表する企業グループへと事業を成長させ、アートのメガコレクターになったという徐在は、六十歳をとうに超えているはずである。だが、目の前にいるのは、皺(しわ)ひとつないピンと張った肌つやの薄化粧の女だった。

　短い挨拶を交わして、また驚いた。

綺麗な英語は、ひどいだみ声だった。

オレが気持ちを整理する前にソファに座った徐在が言う。

「クンストハルのピカソって、凄いわね」

文紅は黙っている。

「絵の来歴は明かしてもらえるの？」

「お話しできません」

「それはそうでしょうね。盗品ですものね。ま、来歴なんて、どうでもいいことよ。で、売買は半年後だと聞いてるけど、なぜなの？」

「こちらの事情です」

「まさか、フェイクをつくって持ち込むって話じゃないわよね」

徐在と目が合う。隣の文紅が怒気をふくませた声を上げた。

「はあ？」

徐在は「ふふ」と笑って話を続けた。

「レートは一ドル百二十円の固定で円建ての決済ってことだけど、こちらとしては問題ない。半年ってかなり長いけど、損をすることはなさそうだから。あなたたちが儲け損なう可能性の方が高いけど、大丈夫？」

「こちらの事情ですから仕方ありません」

「代金の一割を前金で支払った三日後に絵を持って来てもらって、その場で、一次的な光学鑑定をおこなう。問題がなければこちらで再度鑑定して五日後に対面で結果を通知して残額を払う。そんな条件でお願いしてるけど、お互いの信頼を担保できると思っている？」

「この手の取り引きに、信頼を担保するものなどありません。あえて言えば互いが得をしたいか損をしたいか、ということだけです。万が一、あなた方が裏切って残金を支払わなければ、私たちはパブロ・ピカソの盗品は徐在が持っていると懺悔を交えて世間に向かって公表します。証拠はあります。あなたたちが、こっそりそうしているように、私たちもこの会話を録音していますから」

思わず横顔を見たが、文紅はかまわずしゃべり続けた。

「前金を受け取りながら、わたしたちが絵を渡さなかったり、あるいはフェイクを渡したりすれば、あなた方はわたしたちを探し出して容赦なく解決をはかる。裏切りは誰の得にもなりません」

「文紅さん、よくわかっているのね。それで、あなた方が、その絵をピカソの真作だって信じる根拠について話して」

文紅は、手にしたこともない絵と、おこなったはずもない光学調査について流暢にしゃべった。

オレは文紅の嘘に聞き入った。

「それで、怪しい点はなかったってこと？」

「もちろんです」

「最後にひとつ訊かせて。なぜこの絵を売却するの」

「老朽化した本殿の建て替えと信者のための宿泊施設の建設資金にすると聞きました」

「わかった。じゃ、買うわ」

徐在がオレを見てニコリと笑う。顔を合わせてまだ十分しか経っていなかった。

値段の話はいきなりはじまった。

「でも、四千万ドルは言い過ぎね。一ドル百二十円だと四十八億円。高すぎるわ」

文紅が間髪を入れずに応じる。

「専門家は四千万ドルと推定しています。真昼の美術館から強奪されたという稀有なストーリーを考えたら、二十年後にいくらになるか楽しみです」

「じゃ、ほかの誰かに四千万ドルで売る？」

「ビジネスはタイミングが重要だということくらい、私たちも知っています」

「三千万ドルでどう？　佐村さん、いかが？」

うなずきかけたとき、文紅が言った。「三千二百万ドル」

「わかったわ。そうしましょ」

ほんの三十秒ほどのやりとりだった。

一度席を立ったアメリカ人のコーディネーターが契約書を持って戻って来た。三日後に天心の教主が布教行脚に出て、佐智子さんが絵を借り出してくれれば、半年かけてゆっくりと贋作をつくる。三千二百万ドルは三十八億四千万円である。四人で割ればひとり九億六千万円。

コーディネーターが、事務的な確認事項を説明しはじめた。

オレは必死に耳を傾けた。

〈一九七一年制作のピカソの油彩画〉とだけ品目を記した売買契約書には、一次的な光学鑑定の内容が可視光反射撮影、赤外線反射撮影、テラヘルツイメージングシステム、蛍光エックス線分析の四点と記されている。

最終的な鑑定方法は、徐在側による〈合理的鑑定〉とあった。

徐在側からの送金は山井の法人の口座が指定されている。

アメリカ人がオレを見た。

「問題ありませんよ」隣の文紅が言う。

オレはサインをした。

コーディネーターと文紅が立会人としてサインをし、最後に徐在がサインをして契約は終わった。

二枚の契約書のうち一枚を受け取った文紅が腰を上げる。

オレも腰を上げかけた。

そのとき、ひどいだみ声が言った。

「ひとつ忠告しておきたいんだけど」

皺のない顔が笑っていた。

「わたし、嘘は嫌いなの」

徐在が、ゆっくりと足を組むと、ドレスの裾から白い脛がのぞいた。

「騙そうとした人は、これまでにもいっぱいいたのよ。でも、今はほとんどいない。なぜだかわかる?」

「わたしたちを信用していないのですか?」

文紅の言葉を徐在は聞き流した。

「わたしを騙そうとするなんてまったく割に合わないとみんな知っているのよ。知らないコもまだいるんだけど……。二年前までわたしの専属コーディネーターだったカナダ人の女のコもそのひとり。フランス人の若い画商を連れて来てデ・クーニングの油絵を売ろうとしたのよ。光学鑑定の結果は問題なしだった。さっきの彼もそうだけど専属のコーディネーターには三人ほど部下がいるの。みんな口をそろえてクーニングだと言った。オークションに出たことのある作品で、絵具の混じった独特の線の細部までオークション会社の図録と完璧に一致したの。下描きのドローイングもクーニングの特長を示していた。でも、イェンピンだったのよ」

フェイクと言わず、わざわざ中国語にした一言が、耳の奥に響く。

「わたしがダブルチェックのスタッフを持っていること、彼女知らなかったの。当時は誰にも知らせていなかったから仕方がないんだけど……。結果はまったくの偽物。最後は絵の表面から絵具のサンプルをとって年代測定にかけたの。そうしたら一部にクーニングが死んでから十五年も後の絵具が使われていた。それらしい下書きを描いて適当な材料で表面を3Dプリンターで仕上げたのね。そんなことで、わたしを騙せると思ったのね。

お金を返せばいいってもんじゃないわよ。これは私の気持ちの問題。彼女たちも知らずに騙されたのなら仕方がない。でも調べたら、最初からわたしを騙そうとしてたの。彼女とフランス人、グルだった。それで、こんなことになったの」

徐在がひとさし指を立てて、頭の上を見上げた。

視線の先を追って顔を上げると、高い吹抜けの天井に真っ黒な丸いオブジェが飾られていた。

「わかる？」

だみ声が耳に響いた。

オレは動けなくなった。

黒いオブジェには顔があった。

手も足もあった。

オブジェはあり得ない角度に背中を折り曲げられた人間の形をしていた。

「美しいでしょ」

徐在は、不気味（ぶきみ）な笑いを浮かべてしゃべった。

「残念ながら映像は処分してしまったから見せられないんだけど、彼女、バランスボールを背中に抱かされてのけぞったまま縛（しば）られちゃったの。素っ裸で、穴という穴に何かを突っ込まれて獣（けもの）みたいに叫んでた。どんどん縛り上げたら叫び声が変わった。最後は背骨が折れて死んで終り。白人なのに肌の綺麗なコだった。まだ、二十八歳だったのよ。

わたしなんかと違って美人で。そういうことに嫉妬したわけじゃないの。可愛がってたのよ。

報酬も十分すぎるくらい渡して。でも、しかたないわね。
あんまり綺麗だったから、彼女が叫んでいる姿をモチーフにしてオブジェにさせたの。フランス人の男も同じこと。当然、穴はひとつ少ないんだけど。彼のオブジェもあるのよ。上海のホテルの部屋に飾ってあるの。でも私は、こっちが気に入っているの」

指先が小刻みに震えはじめた。

文紅がどうしているのか、もうわからない。

だみ声はしゃべり続けた。

「安心して。わたしはあなた方に嘘はつかない。騙さない。交換価値があるものに対して、お金はちゃんと払う。それが資本主義っていうものでしょ。交渉はしても、無闇に脅したり、盗んだり、暴力を使う、なんてこともしない。そんなことをしたら、マフィアに成り下がってしまう。でも騙したら許さない。騙されるのだけは嫌。
ほかのコレクターも似たようなものだと思うけど、契約や交渉で簡単な身分照会はしても、相手の素性を調べまわるなんてことはしない。そんなことをしていたらチャンスを逃してしまう。アートの投資で絵を買うんだから、真作を持って来てくれればそれでいいの。でも騙されたってわかったときには何もかも徹底的に調べ上げて、言い訳できない材料を突きつけて報いを受けさせる。絵だけの話じゃないの。どんなことでも、わたしを騙す人間は許さない」

どれくらい時間が経ったのか、目の前には皺のない徐在の顔があって、隣にはしゃべらない文紅がいた。

「とにかくふたりとも、契約書にサインをしたってことを忘れないで。佐村さんはもちろんだけど文紅さんも。立会人の責任って重いわよ」

文紅は黙っている。

「そう。言い忘れてたわ」だみ声は、また言った。

「今は、ダブルチェックなんていう、まどろっこしいことはやめて、ぜんぶオープンにしてるんだけど、わたしたちが、どうやって真贋を判定しているのか、お話ししておくわね。ビッグコレクションはすべてオリジナルの調査データと比較しているの。

光学鑑定のスタッフって優秀なハッカーなの。文紅さんは知ってるでしょ。昔、アメリカの政府機関が次々とハッキングされていたこと。当時は彼らもまだ若くて国のために個人の中国人として頑張っていたんだけど、いつまでもそんなこと、やってられない。たいていは資金援助を受けてIT企業のトップになったの。もちろんわたしの傘下にもいる。部下のエンジニアたちもハッキングなんて片手でやれる。彼らが美術館やオークション会社が持っている光学調査の結果を入手して突き合わせてくれる。普段はこの手のハッキングは絶対にやらせない。トラブルの元だから。でもアート・コレクションだけは別よ」

皺のない顔がオレと文紅を見た。

「ピカソのアルルカンは、クンストハル美術館が展示の際に調査をしているみたいね。所有者の財団の調査もある。オリジナルの調査データと突き合わせるから鑑定で揉めることはないわよ。契約書にも合理的鑑定って書いてあったでしょ。これ以上、合理的な鑑定はないわね」

「あの話、本当なのか」

中環のホテルへ帰るタクシーのなかで文紅に訊いた。

「真贋判定の話もオブジェの話も本当ね。あんまり言いたくないけど中国人なら五人に四人は信じるわね。罰の概念が日本人とは違うのよ。腐敗政治家に死刑判決を出して、本当に執行する国なの。全世界の死刑執行の八割は中国。殺さない罰なんて、たいした罰じゃないのよ」

帰りの飛行機のなかで、文紅は言った。

「調べたら、二年前まで徐在の専属コーディネーターはカナダ人の女性だった。アメリカの大学で美術史を学んだ後、ロンドン大学のゴールドスミス・カレッジの大学院を出た美術と金融の専門家。卒業後はロンドンの有名ギャラリーで働いていたみたい。私より二歳年上だから二年前ならたしかに二十八歳ね。その後の居場所は、どこを探しても出てこない」

黙っていると、文紅はささやいた。

「佐村さん、逃げるなら今のうちに逃げて。後で逃げられると面倒だから。でも、軍資金は返せない。はじまってしまった後だから」

逃げる？　どこへ？

声にはならなかった。

二章　光学調査

夜の十一時に仕事場のマンションを出た。

春の陽気が続いて、この時間になっても空気はほんのりと蒸し暑い。

オレは半地下の駐輪場から街乗りのクロスバイクを引っ張り出した。

仕事場のマンションと島之内のマンションは、グリコの看板で知られるミナミの戎橋（えびすばし）を中心にして、ちょうど真逆の位置にある。戎橋から西へ一キロほどいった幸橋（さいわいばし）の南のたもとが仕事場のマンションで、同じだけ東へいった道頓堀川の北岸が島之内のマンションだった。

繁華街（はんかがい）の雑踏を迂回（うかい）して東へ走り、島之内の二十四時間営業のドラッグストアの前にクロスバイクを止めた。

ポケットの薬をこっそり売りつけてきたことがある中国人のアルバイトが店のなかにいた。目配せすると防犯カメラの陰で五種類の睡眠導入剤を出した。オレは以前処方してもらっていたのと同じきつい薬を二シート買った。

二軒隣のコンビニに入り、店の奥の冷蔵ケースからロング缶のビールを一本取る。

きつい睡眠導入剤をアルコールと一緒に飲めば最悪の場合、呼吸障害で死に至るが、こうするよりほかにしかたない。

　仕事場を出る前に文紅に言われた。

「佐村さん、寝てないでしょ。寝なきゃ、倒れるわよ。明るいところで見れば顔色が悪いし、作業の途中でも、ときどき肩で息をしてる。倒れられると困るの。それに、光学調査でミスをしたら完璧なピカソがつくれないでしょ。それでも徐在に持っていくの？　こんな言い方で悪いけど、どうにかして寝て」

　ビールを買ってクロスバイクにまたがると二日前の朝、山井が叫んだ声が耳に蘇った。

「あの女、事務長とデキとったんか。軍資金、根こそぎ持っていきよった。３Ｄプリンターが買えんやないか」

　香港から帰ってすぐに、文紅に渡された英語の専門書と論文の束を読破した。

　山井から３Ｄプリンターの発注窓口を引き継いで販売代理店の営業マン美濃部一馬にも会った。山井が渡したこづかいで光学機器の手配を一手に引き受けた美濃部は、唯一、中古で買ったエックス線透過撮影機器の搬入に連絡もせずに押しかけて来た後で根掘り葉掘りとうるさかった。

「山井さんの会社って、絵画修復と複製画の工房だって聞きましたけど、需要、あるんっすか。あの美人の女のコ、彼氏いるんっすかね。もしかして、佐村さんの彼女っすか？」

　これも贋作づくりのためだと我慢して、長いおしゃべりにつきあった。

　佐智子が教団から持ち出してきたアルルカンは真作だった。絵はカタログ・レゾネとぴったたり一致した。年代測定のために採った試料を持って尼崎の検査ラボに駆け込むと五日で結果が届いた。通常のスピード対応で十日かかるところ、山井が交渉して一点二十万円で五日後対応の約束を取りつけていた。光学調査をスタートしていた仕事場で、すべてピカソの時代に合致する結果を見て山井は興奮した。「間違いない。本物や！」

山井の号令で、二度目の軍資金をすぐに振り込んだ。

そして翌朝、佐智子は消えた。

通帳と印鑑が山井のカバンから持ち出され、すっかり金を持ち逃げされていた。佐智子が払ったと言った光学機器の代金も、千二百万円分が未払いだった。

教団の事務局に電話をすると、毎日仕事場で食事の用意をして、昼から夕方まで事務局に出勤していたはずの佐智子は一ヶ月前に職員をやめていた。事務長は虫垂炎で二週間の欠勤だった。

文紅が通勤に使っている赤い軽自動車で東大阪へ走って空っぽの佐智子のマンションを確かめた帰り、オレは言った。

「あの絵を徐在に売ろう」

文紅はため息を吐いた。

「教団に絵を返さないってことが、どういうことだかわかってる？　自殺行為なのよ。教団は事務長と佐智子を辿ってすぐにわたしたちのところへやってくる。あの女、わたしたちに辿り着くような痕跡をわざと残しているって思った方がいい。

教主にしたら、盗品の存在を知っているわたしたちって目の上の瘤よ。普通に考えれば盗品とは知らなかったって言い張って、二億円を損切りする覚悟でわたしたちを警察に通報するわね」

「通報されたら、どうなる？」

「盗品のピカソの存在が明らかになってもとの所有者が買い戻すって話になる。徐在には絵は売れない。それだけで済めばいいけど、佐村さんの身分を照会する電話が入ったら徐在にわたしたちの嘘がバレる。事務長はもういないの。破滅よ」

「じゃ、持ち出した絵を教団に売りつければいい」

「馬鹿じゃないの？　佐村さんが教主だったら買う？　買ったが最後、時効が開ける二十年後まで、わたしたちにいつ脅されるかわからないのよ」

「あの絵、間違いないよな」

　思わず訊くと、文紅はまたあきれた。

「あれが偽物だったら、何が本物なの？　もしかして、事務長と佐智子が、なぜ自分たちで売らなかったって思ってる？　だとしたら馬鹿よ。素人のコレクターに一億円、二億円で売るにしても日本の国内じゃ、交渉しているうちにバレて終わり。徐在みたいなメガコレクターだから盗品のピカソも何十億円って値段でポンと買うのよ。コレクターの世界を知っていて、交渉ができなきゃクンストハルのピカソをお金に換えることはできない。だからこんな詐欺みたいなことに使ったのよ」

「じゃ、どうするんだ」
「とにかく絵は教団に返さなきゃいけない。そして、わたしたちは何が何でも秋に徐在に絵を持っていかなきゃいけない。完璧なピカソをつくるしかないの。そのためには教主が戻って来るまでの間に光学調査で真作のピカソを徹底的にデータ化しなきゃいけない。その先のことは先で考えるしかないわね」

睡眠導入剤とビールを持ってマンションに戻った。

階段を四階まで上がって玄関ドアを開けると、狭い部屋の窓の外にラブホテルのネオンが見えた。

教主は、十一日後に戻って来る。

光学調査はできれば三日前までに終えて、一日の準備期間を挟み、教主が帰る前日には絵を返却すると三人で申し合わせている。

残された調査の時間は、八日間しかない。

缶ビールを半分飲んでシャワーを浴びる。買ったばかりの薬を口に放り込んで、残りのビールを一気に飲み干すと、すぐに身体がふらついて窓のネオンが左右に揺れはじめた。

横になった途端、ふっと意識が遠のいた。

＊

誰もいない朝の仕事場で、リビングのイスに座り込んだ。

睡眠作用が長く持続する薬の副作用は強い倦怠感だが、朝まで眠れたおかげで、もともとほとんど眠っていなかった身体は軽い。

ただ、ときどき声が聞こえる。

無茶な薬の飲み方をしたのだから不思議ではないが、平静ではいられない。

幻聴は聞き覚えのあるだみ声である。

まだ二十八歳だったの――。

彼のオブジェもあるのよ――。

リビングのホワイトボードを見上げてオレはため息を吐いた。

●光学調査
✓可視光反射撮影（通常撮影　総作品目録（カタログ・レゾネ）との照合）
✓可視光斜光撮影（絵画表面の凹凸　予備資料）
✓3Dスキャニング（絵画表面3Dデータ）
✓紫外線反射撮影（ワニス層）
✓赤外線反射撮影（下描き、絵具層）
蛍光エックス線分析（ワニス層―絵具層―地塗り層　元素構成）
ラマン分光分析（　　　　同右　　　　）
テラヘルツイメージングシステム（木枠、絵具層）

エックス線透過撮影＝レントゲン撮影（木枠）
マイクロスコープ撮影（麻布・木枠拡大画像）

絵が来た日、山井はこれを書いて「全体像ぐらいは、みんな知っとった方がええから、文紅に説明してもらう」と、社長気取りで言った。

文紅は基本的な事柄から話した。

「油絵って結構、複雑な構造なの。まずは、木枠を組んで麻布を張って釘で止めてキャンバスの形をつくる。次に麻布の織り目の間を埋める目止めをおこなうの。ピカソのアルカンは膠で目止めが施されている。動物性の糊ね。膠は裏打ちと呼ばれる裏側の補強のためにも塗られている。

目止めした麻布の上に絵具が乗りやすい素材で地塗りを施して白いキャンバスの完成。そこに下描きをして、油絵具を塗り重ね、最後に絵を保護するためのワニスを表面に塗る。美術界の人間はワニスって言うけど、一般的にはニスね」

わかっていた話だが、あらためて聞くと本当にこれだけの「物」をつくれるのかと恐くなった。

文紅が説明をしたとき、可視光反射撮影によるカタログ・レゾネとの照合はすでに終えていた。斜光撮影と絵の表面の３Ｄスキャニングを済ませて、翌日は一番表面のワニス層を調べる紫外線反射撮影をおこなった。

紫外線ライトの光は絵具層で跳ね返ってワニス層の様子を浮かび上がらせる。波長の異なる紫外線で撮影した画像をパソコン上で重ね合わせると、厚さ〇・二ミリほどのワニス層の立体的な特長が目に見えてわかった。

モニターをのぞきこんでいるオレに文紅は言った。

「これって、ワニスの塗りムラなんだけど、シミみたいに見えるでしょ。このシミが、まるで違ってしまうとやばいのよね」

こんなところまで正確に再現しなければ完璧なピカソにならないのだと、そのときはじめて知った。

佐智子がいて金の心配などしなかったときでも、シミという言葉を思い出しただけで、落ち着かなくなった。だがもう金はない。

三人の残りの軍資金は、佐智子が未払いにした光学機器の支払いに消えた。

山井は罪滅ぼしだと言って自分の預金から二百万円を差し出したが、それが今のところの軍資金のすべてである。

手持ちの現金を増やすために、使い終わった光学機器は最低限のものだけ残して売り払うことに決め、オレは機器の手配をした美濃部一馬に会った。

「買ったばかりの光学機器をほとんど売り払うって、会社をたたむって話じゃないでしょうね？　たった五日で売り先を見つけて即金の決済って急ですよ。なにか裏でもあります？　３Ｄプリンターの発注、大丈夫ですか？」と美濃部は怪しんだ。

まさか、設置場所に借りていたガレージも解約した後だとは言えず「立ち上げたばかりの会社だから、急に方針が変わるってことがあるんですよ」と苦しい言い訳をした。

結局、売却額を全部で一千万円と見込んだ美濃部は「手数料五パーセントもらえます？」と言って引き受けた。要領のいい男のことだから売って金に換えてくれるはずである。だが四千万円の３Ｄプリンターにはほど遠い。

先のことは考えてもしかたがないと頭ではわかっていても、シミという言葉を思い出しただけで、金もないのにこんなに精巧な贋作がつくれるのかと恐くなる。

分光器で赤外線領域の光を当て、高感度のハイパーイメージングカメラで撮影する赤外線反射撮影は、まず絵具層の様子を浮かび上がらせた。赤外線の波長を変えていくと、積み重なった絵具層の立体的な特長が明らかになる。

画像を順番にモニターに映した文紅はまた言った。

「痣（あざ）ね。この痣がオリジナルと一致しないといけないの」

同じ赤外線反射撮影で絵具層を完全に通り抜ける波長で撮影すると、地塗り層の上の下描きが鮮明に写った。

「下描きは木炭鉛筆（もくたんえんぴつ）で描いているのね」文紅はさらりと言ったが、痣も木炭鉛筆の下描きも、細部まで寸分の狂いもなく再現できるのかどうか、オレにはわからない。

蛍光エックス線分析は、縦五十一・八センチ、横四十センチの絵を一センチ間隔のマス目に区切っておこなう合計二千ポイント以上におよぶ五日がかりの調査である。

調査をはじめた日、文紅は言った。

「大変だけど、やり切らなきゃ。これって指紋だから」

「指紋？」

「だって、そうでしょ。同じ絵の同じ場所を調査して同じ元素構成のグラフにならなきゃ、おかしいじゃない」

言われて愕然とした。元素構成を調べるのは、公開されているデータベースや過去の光学調査のレポートと突き合わせて、地塗り材や絵具の種類を特定することだけが目的だと思っていた。だが、言われてみれば、たしかに「指紋」だった。

調査は今、この蛍光エックス線分析の終盤である。

二千ヶ所あまりのポイントは、遮光カーテンを引いて部屋の照明を消し、プロジェクターで碁盤目の赤いラインを投影して識別している。補助役のオレの仕事は、可動式のレールにセットしたドライヤーほどの大きさの蛍光エックス線分析機をポイントに合わせ、スタートボタンを押すことである。三十秒ほどで分析機の小さなモニターにグラフが表示され、ブルートゥースで飛んだデータを文紅が確認するマウスのクリック音がカチカチと響く。

「ＯＫよ」

文紅の声を聞いて次のポイントに移動する。

作業は単純だが眠れない身体で調査を続けていると、ときどきポイントを見失って自分が二千ヶ所のどこにいるのかわからなくなる。

ミスは、命取りである。文紅が怒るのは無理もない。

玄関のドアが開いた。

両手に紙袋をさげた山井が、少しにやけた顔で入って来た。

「わし、東大阪のアパートに帰るのやめた。今日から、ミナミのカプセルサウナに泊まるわ」

山井は一度、教団施設に出かけて特別室に絵を返せそうだとわかった後、近鉄電車で東大阪まで出かけて下見を続けている。「勝手に施設に忍び込むて、不法侵入やないか……」と最初は渋ったが、教団が騒げば何もかも水の泡になると文紅に聞かされて顔色が変わった。

朝、仕事場に来て、洋室のキャビネットで二重に施錠(せじょう)して保管している絵を確かめてから教団施設へ往復するのが山井の日課である。

「なんべんも近鉄電車に乗った後で夜に帰ってると、あの女、思い出して気が滅入る。わし、あの女と同じ電車でいき来しとったやろ。あの女、先に電車から下りた後で、ホームから手ぇ振って見送ってくれるんや。駅から自転車や言うとったけど事務長が迎えに来とったんや」

「布施(ふせ)の鍵屋はどうするんですか」オレは訊いた。

山井はピッキングの知識を仕入れるために、以前働いていた近鉄布施駅の鍵屋にまたバイトに入っている。

「下見のいき帰りに寄るから心配ない。サウナやったら疲れも取れるやろ。大浴場もあるんや。マッサージも頼めるやろ。駅から天心の施設まで坂道や。足に堪(こた)える」

能天気な男だと思う。山井はそもそも徐在がどんな人間かを知らないのである。香港から帰ったとき、佐智子といちゃついている山井を見て「話しておいた方がいい」とオレは言ったが「動揺するだけよ」と文紅は取り合わなかった。

「じゃ、サウナの方が楽ですね」適当に調子を合わせて話を切り上げた。

オレはイスから立ち上がった。

山井はときどき、光学調査の原理を訊いてくる。訊かれれば答えないわけにはいかない。原理の話なら文紅に訊いてくれよと思うが、そうもいかない。データの整理に追われる文紅は、調査の切れ目にオレが休んでいる間も働き続けている。

「さむちゃん」見透かしたように山井が呼び止めた。

「指紋ってなんや」

「今やっている蛍光エックス線分析です」

そのままいこうとしたが、山井はまた訊いてきた。

「それは、わかっとる。せやけど絵に指紋なんかあるんか」

あきらめて足を止めた。

「物質に微量のエックス線を照射すると、原子核の周囲にある電子が飛ばされて物質から微量のエックス線が放出されます。これが蛍光エックス線です。光を当てれば光が返ってくるみたいに、エックス線を当てればエックス線が返ってくると理解してもらってもいいです。返ってくる蛍光エックス線は物質によって異なります。それを検知するのが蛍光エックス線分析機です。その部分にどんな物質が、どれだけ含まれているのかが元素別のグラフで表示されます。同じ絵の同じ場所におこなった調査は多少の誤差はあっても同じ元素構成のグラフになるはずです。違っていたら別物ということになります。つまり指紋です」

「この後にやるラマンも指紋か？」

これから光学調査なんです。朝から幻聴が聞こえてるんです。また、明日でいいですか。そう言いたいのを我慢した。

「蛍光エックス線とは原理は違いますけど、ラマン分光分析も、指紋を採るという意味では同じです」

山井が質問してくる前に一気にしゃべった。

「可視光領域の光、つまり我々が思っている一般的な光ですが、これを照射すると、反射して戻って来るのは大半が照射したのと同じ可視光です。ただ、このとき、ラマン散乱光と呼ばれる可視光とは波長の違う光がごく微量に反射してきます。このラマン散乱光も元素によって異なります。これを検知するのがラマン分光分析機です。蛍光エックス線と同じように元素構成がグラフで表示されます。ラマンをやるのは、二重に指紋をチェックするためです」

朝からテラヘルツに取りかかり、半分近くの作業を終えて仕事場を出ると生温かい空気が身体を包んだ。

頭のなかに、島之内のコンビニの奥にある冷蔵ケースが浮かんでいる。クロスバイクを漕いで、あのコンビニまで辿り着き、薬を流し込むためのビールを手に取れば明日もどうにか乗り切れる。ビールの買い置きはしていない。万が一、夜更けに目が覚めて、二本目に手を出せば、オレはたぶん死ぬ。

今も耳元で、だみ声がささやいている。

彼のオブジェもあるのよ――。

半地下の駐輪場からクロスバイクを引っ張り出して道路に出ると山井がいた。

すぐ近くの駐車場に止めている文紅の軽自動車が無事に出ていくまで山井は毎日毎日、見守っている。

「じゃ、お疲れ様です」クロスバイクにまたがった途端、山井が背中で呼び止めた。

「さむちゃん、テラヘルツてなんや？ なんで、なかが透けて見えるんや」

「メガとか、ギガとか、テラって知ってますか？」オレはハンドルに手をかけたまま言った。

「メガとギガは聞いたことがある」

「メガは何かの単位の百万倍、ギガは十億倍ってことです。テラは一兆倍です。我々の目に見える可視光はだいたい四百から八百ヘルツ程度の光ですけど、テラヘルツは簡単に言えば一兆ヘルツの光です。エックス線とは真逆の物凄く波長の長い光です。最近、これを発生させる機械が普及しはじめました。専用のカメラを使うと、可視光では見えないものが読み取れます。人間の目は、物から反射してくる可視光しか見えませんから、テラヘルツを読み取った画像を見ると物体の内部が透けていると感じます」

山井はなるほど、という顔で聞いている。

「テラヘルツで調べるのは、木枠の内部と絵具層の内部です。木枠の内部の画像は、この後おこなうエックス線透過撮影の方が鮮明ですから、あくまでも補助的な画像です。絵具層の画像も補助的なものですが、赤外線反射撮影による絵具層の画像と合わせれば絵具層内部の精巧な３Ｄデータが出来上がります」

「マジか！」山井は急に声を上げた。

「もしかしたらわしら、本物のピカソがつくれるかもしれんで。こう見えてもわし、本物の油絵画家やったんや」

山井の顔をまじまじと見た。文紅とは本当に絵画修復のアルバイトで知り合っただけの関係なのか。

つい三十分前、データ整理をしていた文紅はまったく同じことを言った。

「絵具層は大きく分けて六層から構成されているみたい。表面からは見えない内部の五層の一層ずつの筆づかいを山井さんが想像して実際に絵具で描いて、スキャナーで読み取ったデータを補正すれば、絵具層の形や元素構成が一致するうえに、生身の人間の筆づかいを内部に再現する３Ｄデータができるわよ。

画家は表面だけを描いているんじゃないの。絵が出来上がるまでにはいくつもの絵具を塗り重ねていくの。人間の目って可視光の反射しか見えないから絵の内部は見えない。でも、見えないようでいて、見えているのよ。オーラを感じるとかって言うじゃない。赤外線領域の光やテラヘルツの光を感じとっているのよ。山井さんとはまたゆっくり話すけど、わたしたち、そういう本物のピカソがつくれる」

山井は興奮した顔でオレを見ている。

「文紅とテラヘルツの話をしたんですか」オレは訊いた。

「いや、今はじめて聞いた」と山井は答えた。


仕事場のマンションから島之内へ帰る途中に御堂筋(みどうすじ)がある。光学調査が終わった夜、道路の真下にある地下鉄御堂筋線のなんば駅の改札近くのカフェで美濃部一馬と会った。

山井から預かった封筒を手渡すと、中身を数えて美濃部は「あざっす」と頭を下げた。

「領収書は要らないんっすよね」

「社長の山井のポケットマネーですから」適当に答えておく。

「お礼を言っておいてください。手数料は五パーセントですから本当なら五十万円でしょ。色をつけて六十万円いれてくれたんでしょ」

「こんなに早く見込みどおりの一千万円で売れたんです。感謝の気持ちですよ」

愛想笑いを美濃部に向けて、飲みたくもないコーヒーを飲む。

「テラヘルツが九百万円で売れたのは大きいっすよ。ほとんど新品ですからね。ほかの機械は中古業者にまとめて引き取らせましたけど、商品としてはゴミみたいなもんっす。代金は明日中に振り込んでくれますから。しかし、ほんとに売ってしまってよかったんっすか。引き取りは明日の夕方でいいんっすよね」

「ええ」とうなずいた。

今朝、仕事場にいくと、山井は市販の鉛製防護板で絵をセットするシェルフを囲ってエックス線透過撮影の準備をすべて仕上げていた。撮影自体はレントゲン技師が「はい」とシャッターを押すのと変わらない。

昼にエックス線の撮影が終わり、画材集めの参考資料として麻布や木枠の特長的な部分の拡大画像を撮影するマイクロスコープ撮影は夕方に終わった。完全オフラインのパソコンとバックアップ用のメモリに、文紅はアルルカンのデータをすべて収めている。

明日の夕方までかかると思った光学調査は、すべて終わっていた。

「しかし佐村さん、お疲れっすね。顔色、悪いっすよ。山井さんって、人使い荒いんすか。うちの会社に来ないっすか。神戸の営業所がひとり欲しがってるんすよ。メーカーと違って販売代理店ですから給料は知れてますけど、楽っすよ。こうやってアルバイトしてるってのが万が一バレても、営業成績が良ければ文句は言われないっす」

美濃部はいつものように、べらべらとしゃべりはじめた。

「山井さんの奥さんみたいな人も、まだ働いてるんすか。上品なおばさん」

「ええ」と答える。

「あの美人のコも、まだいるんっすか。佐村さんの彼女じゃないんなら紹介してくださいよ」

「そんなに親しくないんで」

「あのマンションで毎日一緒に働いてるんでしょ。話くらいするでしょ。飲みにとかいかないんっすか。もしかしたらあの美人のコ、山井さんの実の娘っすか。佐村さん、聞いてます？ むっちゃ疲れてますね」

地下鉄御堂筋線の改札の前で美濃部と別れて、地上に続く階段を上がったとき、今頃、文紅と山井はどうしているのかと思った。

光学調査が一日早く終わったと思った途端、明日、三人でいくはずだった夜の下見にふたりで出かけていった。まさか文紅が山井の若い愛人だなどとは思わないが、自分の軽自動車に山井を乗せて深夜の教団施設に下見にいくことに何の抵抗も感じていない様子の文紅を見ていると、どういう関係なんだ、と思ってしまう。

携帯が震えた。美濃部だった。

「明日の引き取りですけど、四時にテラヘルツ、残りは中古業者が五時にいきます。じゃ」

地下鉄のホームから電話をかけてきたらしい。

電車の到着を知らせるアナウンスと一緒に電話は切れた。

＊

「どう考えてもこんな話、おかしいでしょ」

老舗の珈琲屋でオレは山井を睨（にら）みつけた。

「おかしいて何がや？」

「オレが、この儲け話に誘われたこと自体が異常なんですよ。十億円、稼いでみないかってオレを誘う理由なんてないでしょ」

「さっき仕事場を出て別れたばっかりやのに電話で呼び出して大事な話て、これか？　昨日、美濃部になんか言われたんか」

「美濃部は関係ないですよ」

「そら最初は四人で割ってひとり九億六千万円やったから、十億円に足らんかって申し訳なかったけど、あの女が逃げてひとり十二億八千万円や。結果オーライやけど堪忍してくれ」

「金額の話をしてるんじゃないです」

「さむちゃん待ってくれ。売り払う機器の引き取りも今日終わったし、教団に絵を返す打合せも終わったんやないか。明日三人で何とか特別室に返そ言うてみっちり話し合うて別れたとこやないか。わしと文紅、昨日朝の五時まで天心の施設を下見して徹夜で資料つくったんや。マジで、疲れとるんや、もう夜の七時や。わし、サウナに帰って眠らんと、明日、絵を返しにいくのに身体が持たん。大きい声じゃ言えんけど、不法侵入なんや。捕まったらアウトなんや」

「そんなこと、オレの知ったことじゃないですよ」

「どないしたんや、ほんまに。何がおかしいんや」

「香港にいくのは、オレじゃなくてもよかったでしょ」

「さむちゃんがおらんかったら、契約ができんかったんやで」

「契約は全部、文紅がやったんですよ。オレは隣に座って話を聞いてサインをしただけです。教団職員になりすます人間なんていくらでもいますよ」

「そんなことあらへん。英語がしゃべれて信用できる人間て、わし、さむちゃんしか知らんのや」

「英語なんて必要なかったですよ。文紅が通訳すればそれで済みます」

何か言いかけた山井をさえぎってオレは言った。

「佐智子がいなかったら、あの絵は持ち出せなかったんです。今となっては嘘だったんでしょうけど軍資金もたくさん出すって話でした。教団のなかの情報を教えて、何かあれば事務長に対応させるのも佐智子の仕事でした。絵が売れるまで佐智子は必要だったんです。でも、オレがいなくても絵はつくれます。オレがやったことって何です？　借金させられて、軍資金を吐き出しただけです」

「アホなこと言うな。わしが、さむちゃんを騙して借金させたて言うんか？」

「ふつうに考えたら、そうなるでしょ。光学調査の手伝いも、美濃部の相手も、誰でもできる仕事です。これからもオレは絶対に必要な人間じゃない。オレにしかできないことって何です？　何もないですよ」

ハッとしたのは、教団に絵を返す打合せをしたときである。

施設の西側の駐車場に面した、高さ二・七メートルの塀についている鉄製のドアを侵入ルートにするとふたりは言った。ドアはピッキングでの開錠が可能だが、人感センサーや防犯カメラなどセキュリティが厳しく長時間の作業ができないため、カメラの死角になる場所から誰かが塀を乗り越えて内側からドアを開けるしかないという。

山井は、その役回りをオレに頼んだ。オレがうなずくと山井は言った。

「さむちゃん、すまんな。わしが、塀から飛び降りたらええんやろうけど、もう還暦すぎとる。腕の一本でも折ってしもうたらキャンバスを組む人間がおらんようになる。文紅かて、指でも傷めてパソコン使えんようになったら３Ｄデータをつくれんやろ」

　では、オレでなければできないことは何なのかと考えて背筋が冷たくなった。そんな特技も知識もオレにはない。そもそも山井がオレを誘い込んで儲けさせる理由がない。山井は佐村家への恩返しだと言ったが十億円は話が大きすぎる。挙句に金を持ち逃げされて窮地に陥っている。オレは、いつ置き去りにされてもおかしくない。

「さむちゃん……、酷いこと言うなぁ」

　山井は涙目でオレを見た。

「そら、さむちゃんは佐村画廊の息子とは言え、絵の素人や。大学も就職した会社も絵とは無縁や。せやけど絵というもんを肌で知っとる人間や。それに、わし、さむちゃんを助けたかったんや。冬にここで会うたときも、その前に阿倍野の家で会うたときも、さむちゃん、ボロボロやった。自分にもそういう時代があったから、わかるんや。嘘と違う。この歳になったら、さむちゃんにもきっとわかる。わしを信用してくれ」

　オレは覚悟を決めて言った。

「悪いですけど、明日、オレは絵を返しにいきません。文紅とふたりで返してきてください」

「ちょっと待て。さむちゃん、それ、どういうことや。誰が塀を飛び越えるんや」

慌てた顔を見て内心ホッとする。

勝手にせえ、と言われてしまえば、オレはふたりから放り出されてお終いである。

「山井さんがピッキングでドアを開ければいいんですよ」

「なんで、そんなこと言うんや。人感センサーも防犯カメラもばっちりあるんや。泊まり込みの職員がモニター見たら終わりやないか。さっき、そういう話をしたやないか」

「じゃ、山井さんが塀を飛び越えて内側から開ければいいんです。二・七メートルの塀って、この店の天井ぐらいの高さです。資料にあったとおり先端が平らな三十センチほどの鉄の棒が十センチ間隔で突き出て有刺鉄線が巻かれていますから、ぶら下がって下りることはできないです。立ったまま飛び降りるしかないですけど、死にはしませんよ。無理に腕をつかなければ腕も折りません。膝の骨を割るくらいは覚悟しといた方がいいですけどね。それとも文紅に飛び越えさせますか」

「急にどうしたんや。あのコにそんなことさせられへんやろ。怪我して動けんようになったらピカソがつくれんだけではすまん。あのコ、下手したら中国へ強制送還や」

「オレなら、捕まってもいいってことですか」

「そういう意味と違う。さむちゃん、まさか、この話から下りるんか。金融屋に借りた金、どないするつもりや」

「踏み倒します。明日、絵を返した後で置き去りにされるくらいなら、今から逃げます」

「そんなことせえへん。信じろ」

オレはハッタリが通じたことに、また胸を撫でおろす。

「無理です」

「どないしたら、一緒に絵を返しにいってくれる？」

「絵を売った金が振り込まれる口座の通帳と印鑑、それにカードもオレに預けてください。約束どおり三人で山分けできるまで、口座はオレが管理します。持ってるんでしょ。今ここに出してください。ＩＤとパスワードも教えてください。オレが変更しときます」

「わしが信用できんて言うんか」

「早く出してください」

「マジか……。文紅に相談するわ」

「文紅の話はいいですよ。今、ここで山井さんが決めればいいんですよ」

余裕を見せようと持ち上げたコーヒーカップが、汗で滑ってガチャリと皿を鳴らす。

オレが絵を返しにいかないと言えば、文紅は自分が塀を飛び越えて絵を返しにいくにきまっている。絵を返さずに教団が騒いでオレの身分照会が入れば嘘がバレれて文紅も徐在の逆鱗（げきりん）に触れる。

山井が文紅に相談した時点でオレはいなくてもいい人間になる。

「山井さん、今、決めてください」

山井は腰を上げた。

「明日、返事するわ。集合時間は昼の二時や。もういっぺん打ち合せたら、その後は夜まで自由時間や。そのときに文紅に相談するわ」

「山井さん！」

思わず腕をつかんだオレの手を山井はゆっくりと払った。

「さむちゃん、すまん。明日にしよ」


真昼の仕事場で、空っぽのキャビネットを前にオレはかすれた声で言った。

「本当に山井さんが来たとき、玄関の鍵もキャビネットの鍵も開いていてアルルカンはなかったんですよね」

山井は黙っている。

「これって、絵が盗まれたってことですよね？」

「そういうことね」文紅が答えた。

「絵は教団に返せないってことだな？　どうなるんだ」

「教団が騒いでクンストハルのピカソの話が世間に知れたら絵は売れなくなるわね。徐在にわたしたちの嘘もバレる」

「どうするんだよ！」

叫んだ瞬間、頭のなかが真っ白になった。

空き巣に遭ったと言って管理会社のスタッフを呼びつけた。防犯カメラの映像を見て山井が叫んだ「美濃部やないか！」。

昨日の夕方、三人でマンションを出た後に、仕事場がある八階に上がって絵画用の梱包ケースを持って出ていく男は間違いなく美濃部だった。

「わし、マンションの鍵もキャビネットの鍵も南京錠の鍵も型取りされたかもしれん。あの男とはなんべんも一緒に飯食うたんや」

美濃部の携帯を鳴らしたが電源は落ちている。

土曜日の会社は休日対応のメッセージが流れた。

「でも、どうして美濃部がアルルカンの絵があるって知ってるの？」

文紅は部屋のなかを見回して、リビングの足元から三穴コンセントを引き抜いた。工具箱のドライバーでカバーを開けると緑色の電子基板が入っていた。「盗聴器よ」文紅がささやいた。

こちらが気づいたと悟られないように元通りにして、三人で外廊下に出る。

「エックス線の透過撮影の機械の搬入で押しかけて来たときや。あのときから、ずっとわしらの話、聞いとったんや」

話の途中で山井は「アッ」と言って携帯で口座の残高を確かめた。

「間違いないわ。機械の代金は昨日ちゃんと振り込まれとる」

「馬鹿な男よ。目先の一千万円を横取りするよりピカソの方が断然お金になると思ったんでしょうけど、素人に盗品のピカソが売れるわけがないの。今頃、困り果てて右往左往してるはず。山井さん、美濃部の家を探しにいくわよ。佐村さん、美濃部が立ち回りそうな場所を当たって」

オレは仕事場のマンションを飛び出した。

休日出勤の社員がいないかとオフィスを張り込んであきらめた後、美濃部と会った地下街のカフェをのぞくと探す場所はなくなった。あれほどしゃべりまくる男だったのに、思い返してみると自分のことは何ひとつ話していない。

途方に暮れて周囲を見まわしたとき携帯が震えた。

「美濃部の家、見つけた」

文紅が送って来た住所をマップサイトで検索した。大阪市内の南の端にある川の堤防に近い古い住宅地に美濃部の自宅アパートはあった。

張り込みに備えてレンタカーで駆けつけると、日が暮れた空き地の前でひとりで待っていた山井は怒った顔で助手席に乗り込んできた。文紅はオレが昼間に訪ねたオフィスをもう一度確かめにいったという。

「二階の真ん中が美濃部の部屋や。今、留守や」山井はアパートを睨んだ。

「それにしても、どうやって見つけたんですか」

「ラマンの担当が住吉のボロボロのアパートに住んでるらしいて教えてくれとったおかげや。住吉も広いけど地図を見たら地下鉄沿線は東側の三分の一ほどや。安アパートは今どき満室ということはない。ネットと不動産屋まわりで情報を集めて、聞こえの良さそうな物件名から当たったら三軒目で見つかった。あのアパート、築六十年の木造二階建てで、全部で六戸の安アパートやけど、グラン住吉いう名前や」

「美濃部、ここに絵を置いてますかね」

「可能性は高いで。美濃部のほかにふたり住人がおる。一階の手前は爺さんで、大家の家を教えてくれよったけどあいにく留守や。二階の美濃部の隣はオッさんや。美濃部、毎晩寝言で叫び声を上げるらしい。昨日の夜中も美濃部が叫ぶのを聞いたそうや」

「じゃ、絵を盗った後、ここへ帰って来たってことですね」

管理会社に連絡したが鍵は大家しか持っていないと話す山井に、オレは仕事場から持って来た青いポーチを渡した。天心教団への侵入のために山井が用意したピッキング道具が入っている。


運転席から見まわすと、宵の住宅地に人の姿はなかった。

山井についてアパートへ向かった。

玄関ドアの横に美濃部一馬とフルネームで書いた小さなプレートが貼られている。

向かいの建売住宅の二階の窓が真正面にあるが灯は消えていて、隣の住人も出て来る気配はない。

「はじめよか」

しゃがみこんだ山井の手元を懐中電灯で照らした途端「マジか」と山井はつぶやいた。

「新しい鍵に替えとるのはわかっとったけど、何でこんなボロアパートにこんな鍵が付いとるんや。これ、スイス製の最新のディンプルキーや。組合せが二兆通り以上ある。うちの店長でも無理やで」

「やってみましょ」

「わかっとる」山井は鍵穴にピッキングの小道具を差し込んだ。

「あかん」しばらくして、山井がつぶやく。

「頑張ってください」オレが言うと、山井の指先は忙しく動いてまた止まった。何度目かで指先が止まって「あかん。さむちゃん、無理や」と山井がへたり込んだとき、向かいの建売住宅の二階の窓で人影が動いた。


夜の十時にレンタカーの後ろに赤い軽自動車が止まった。

文紅がホームセンターで買って来たバールを見て山井は言った。

「これは最後の最後にしよ。街灯に防犯カメラが設置されとる。このレンタカーも文紅の軽自動車も写っとる。バールで壊してハッキリと犯行の痕跡が残ったら、文紅もさむちゃんも車両登録やら免許証やらで身元が割れる」

幹線道路沿いのコンビニで温めてもらった弁当を食べて、交代シフトを決めた。

空が朝焼けで染まりはじめた頃、見張りを交代しようと声をかけたオレに山井は言った。

「通帳やら印鑑をさむちゃんに預ける話、まだ文紅に言うてない」

「その話は、絵を取り戻してからにしましょ」オレが言うと「そやな」と山井はうなずいた。

眠ったと思ったが「わしな……」と、山井はまたつぶやくように話しはじめた。

「わし、なんで、さむちゃんを誘うたか、正直に言うわ。わし、息子がおったんや。芸大出てちょっとして結婚して、男の子が生まれたんや。せやけど二歳で死んでしもうた。家の車庫でわしが車で轢いたんや。そのとき免許は返した。持ってても身体が震えて運転でけへん。それが理由で離婚した。

わし、阿倍野の家でさむちゃん見たとき、自分の息子に会うたような気分になったんや。わしの息子、生きとったらさむちゃんと同い年や。せやから、放っておけんかった。助けたいと思うて絵を売って金を持っていったんや。ほんで、気になってあの珈琲屋にさむちゃんを呼び出したんや。ほんだら、よけいに放っておけんようになった」

オレは黙っていた。

昼食を買いにコンビニへ出かけた文紅が、慌てて戻って来て窓からタブレットを差し入れた。事故を伝えるニュースサイトの記事だった。

「美濃部、死んだわよ」

〈深夜の路上で泥酔男性死亡。清掃車が接触。遺体からは相当量のアルコール〉

見出しの下の記事を読む。事故に遭ったのは、たしかに美濃部だ。

「バール!」

「佐村さん、その前に、もう一度大家さんよ」

車を置いて三人で日曜日の真昼の住宅地を走った。

大家の家へいき、インターホンを押すと「はい、はい」と調子のいい男の声が答えた。

昨夜遅く、旅行から帰ってきたという初老の大家にタブレットの記事を見せた文紅は、明け方に警官に叩き起こされたとぼやく言葉をさえぎって、会社の同僚だが未払いの家賃はないかと訊いた。

「半年分、溜まっとりますねん」大家の言葉を聞くなり「とりあえず、ですけど」と、文紅は自分の財布から三万円を出し、遺族から部屋の整理を頼まれたと言って上目づかいに大家を見た。「ああ」と言いながら大家が持って来たのは、黒い樹脂のツマミがついた細い鍵だった。

走り出した文紅を見て、大家はニヤついた顔でオレと山井にしゃべりだした。

「普通の会社にお勤めの人が、なんでうちみたいな古いアパートにと思いましたけど、あの人、風俗遊びが過ぎたみたいですな。それも高級風俗が大好物やったみたいです。以前来たサラ金の人が言うてました。そんなこんなで、五万、十万が積もり積もって、えらいコトになってたみたいですな。ほんで鍵も上等なもんに変えたんでしょうな。荒れて、大酒飲んで、こんなことになったんでしょ。可哀想に相談相手もおらんかったみたいですな。サラ金のひとが言うてましたけど、あのひと天涯孤独みたいです」

話の途中で山井を置いて走った。

アパートに着くと、文紅が階段を下りて来た。

「ダメよ。美濃部、また勝手に鍵を変えてるのよ。これじゃ開かない」

軽自動車からバールを取り出してアパートの階段を駆け上がる。

ずしりと重い黒いバールをドアの隙間に差し込んだ。

「警察が調べるかな」

「死んだ男の部屋だし、こんなアパートだからたいして調べないでしょうけど、佐村さんとわたしは、今住んでる部屋を引っ越した方がいい。万が一、捕まったら絵をつくる時間がなくなってしまう」

「アルルカン、あると思うか」バールを握る手に少し力を込めてオレは訊いた。

「五分五分ね。でも開けるしかないわよ。教主は明日戻って来るの。絵は今夜しか返せない」

話の途中でオレは全身の力でバールを横に倒した。

金属が壊れる音がして薄いドアが少し変形する。同じことをまた繰り返した。バールを握った手が痛んだが休んでいる暇はない。隣の住人がいつ出て来ないともかぎらない。ドアはどんどん変形した。もう一度、深くバールを差し込んで、身体を後ろに倒した瞬間、鍵のカンヌキが外に出た。

ドアを開けた。

埃(ほこり)とカビの臭いが顔を襲(おそ)う。

片手で目の前の空気を払って狭い部屋に目を凝らすと、布団を敷きっぱなしにした奥の部屋から誰かがこちらを見ていた。

「佐村さん!」文紅の抑えた声が耳に響いた。

部屋の奥にあったのは、梱包ケースから出されたピカソのアルルカンだった。

「どこも傷んでないわね。美濃部、梱包材も一緒に運んできているから、ここで梱包してしまう。せっかく取り戻したのに絵を壊してしまったら元も子もないわよ。山井さんは?」

玄関を振り返ったが山井はいない。

文紅は台所の引き出しからセロテープとガムテープを持ち出した。

「佐村さん手伝って。マスキングテープの代わりにセロテープを使う」

文紅は、慣れた手つきでアルルカンの絵に茶紙を巻いた。実家の画廊で嫌というほど見た、クラフトマスカーと呼ばれる絵画用の養生紙である。

「ここをセロテープで止めて」文紅が目で示した場所を止めると、今度は気泡入りの緩衝材を巻いてまた目で示した。また止めると文紅は段ボールの梱包ケースに絵を仕舞い、ガムテープを次々と貼った。

「逃げましょ」

ドアを形ばかり閉めて階段を駆け下りた。

山井がアパートの前の路上に突っ立っている。

「山井さん、ありました」

声をかけたが反応は薄い。文紅にまかせてオレは大家に鍵を返しに走った。


「佐村さん、今どこ？　待ってるからすぐに来て」

眠気に耐えかねて路肩に車を止めて目を閉じた途端、携帯が鳴って文紅が急き立てた。

ＪＲの高架線路をくぐった先の脇道で、赤い軽自動車は待っていた。

後部シートのドアを開けると山井が叫んだ。

「美濃部、殺されたんや！」

「事故でしょ」咄嗟に言い返すと、山井は早口でがなり立てた。

「あの男、酒は一滴も飲めんのや。あの男の体内から相当量のアルコールが検出されたとしたら、誰かに無理やり飲まされたんや。

道路に寝かされたとき意識があったんかもしれん。路面の清掃車てごっつい音や。それがぐんぐん近づいて来る。せやけど動かれへんかったんや。ほんで、背中も首もぐちゃぐちゃに折れて、頭もつぶれて、脳みそも目ん玉も飛び出して死んだんや。美濃部、あの金融屋に殺されたんや。あの金融屋、わしに教えたの美濃部なんや。事業で困ったときは頼りになる言うて他人事みたいに教えてくれよったけど美濃部も借りとったんや。金に困っとったって、大家も言うとったやろ」

山井は一瞬、静かになって泣きながら言った。

「わしも、アウトや」

「どうしたんです」訊くと山井はまた早口でしゃべった。

「わし、ほんまのこと言うたら、佐智子に自分の金も全部持っていかれたんや。あとから出した二百万円、追加の借金や。金融屋、月末に最初に借りた元本の半分を返せて言うてきよった。二千万円ちょっとや。それが二百万円の条件やて言いよった。追い込んできよったてわかったけど、どないかなると思うたんや。

ピカソの贋作を売る計画を何もかも話して、金融屋から3Dプリンターを買う金を引っ張ろと思うたんや。あの金融屋、調子ええから儲け話には乗ると思うた。実際、それとのう話を匂わせたら食いついてきよった。いけると思うたんや。さむちゃんやったら、わかるやろ。恐い話しよるけど話せる感じやろ。せやけど、ピカソの話なんか通じる相手と違うて、さっきわかった」

「あの金融屋が美濃部を殺したとは、かぎらないでしょう」

「あの金融屋や。日曜日やのに、わざわざ電話かけてきよった。ニュース見ましたか、美濃部さんが死んだ、てそれだけ言うて切りよった。おまえも、いずれこうなるて、遠回しに脅してきよった」

山井の日に焼けた顔は、血の気が引いて薄い黄土色に変色している。

「絵は今夜、教団に返すしかないな」オレは文紅に言った。

「そうね」文紅が答える。

「山井さんは、逃げるしかないな」

「そうね」文紅がまたうなずく。

金融屋の顔が浮かんだ。山井が逃げれば、あの金融屋は画家の先輩はどうしたと詰めてくるにきまっている。オレも逃げるしかない。

「三人で逃げましょ」

顔を上げると目が合った。

「遠くじゃないわよ。遠くに逃げると山井さんの画材集めの計画が狂ってしまうから。そろそろ虫垂炎で二週間入院って言ってた事務長の嘘が教団にバレる頃だから万が一にそなえて、中国人でも借りられて3Dプリンターも置ける安全な物件を探してある。ここならアパート並みの家賃だからお金だってかからない。炊事場(すいじば)もあるし、シャワーだって浴びられる。光学機器を売ったお金で、まずは画材集めをやりましょ」

文紅がタブレットを取り出して助手席の山井に見せる。

「本気か？」山井が言う。

「ぼやぼやとしていたら美濃部みたいになるわよ。死にたくないんでしょ」

山井がうなずくのを見て、文紅は運転席と助手席のシートの間からタブレットを差し出した。

物件の間取図だった。

「文紅、いいのか？」オレは訊いた。

「佐村さんは大丈夫？　これって夜逃げよ。借金を踏み倒すことになるわよ」

「大丈夫」うなずいて、後ろに止めたレンタカーに戻った。

ハンドルに手をかけて待っていたが軽自動車は、なかなか動かない。

電話を鳴らそうかと思ったとき、文紅がかけてきた。

「この後の段取りなんだけど……」

話の途中でウインカーを出した。

「急ぐぞ。教団に絵を返すまで、あと十二時間しかない」

スピーカーにした携帯でしゃべりながら引き返した仕事場のマンションで、オレはリビングの足元にあった盗聴器を引き抜いて窓から道頓堀川へ投げ捨てた。

　文紅は絵を返却する計画のタイムテーブルを書き直して資料を並べた。

　周辺の地図と写真。駐車場と塀の写真。セキュリティ会社の情報。施設の見取図。山井の記憶をもとにした間取図と特別室のスケッチ。ピッキングの手順書。準備物一覧。あらためて見る計画の資料は詳細だった。

　資料の順番どおりに確認が終わると、文紅が念を押した。

「とにかく、塀の上の鉄の棒は先端が平ら。これを最後の足場にすれば有刺鉄線は楽々と越えられる。ドアは内側からツマミで開けられるサムターンキーで間違いない。佐村さんが塀を越えてドアを開けて敷地に入った後は合鍵と山井さんのピッキングで特別室まで侵入するわね」

　オレは、文紅と一緒に立ち上がって山井に言った。

「ここに戻ってくるのは夜だと思います。アルルカンの絵に額縁を嵌めて梱包し直しておいてください。それと、自分の生活用品をここへ運んでおいてください」

　新しい拠点に持っていく荷物と今夜の準備物をレンタカーに詰め込んで文紅の吹田のマンションへいき、キャリーバッグをひとつ助手席に積んだ。

「彼氏さんと新しいお仕事でもはじめるんですか。車の名義変更は二週間以内にお客様自身でお願いしますね。任意保険も忘れないでください。何があるかわかりませんから」

　しゃべり続ける担当者に言われるまま、文紅が書類にサインをして即日納車ができる中古車センターを出たとき日は暮れていた。

「あの赤い軽、気に入ってたけど、夜逃げして暮らすには目立ちすぎるから仕方ないわね」と言う文紅とレンタカーの荷物を買ったばかりの白い軽バンに積み替えた。文紅がいってしまった後で、レンタカーで少し眠った。目が覚めると、もう九時だった。

携帯に文紅からメッセージが届いていた。

〈佐村さんも、しっかり休んで〉

疲れた身体に力が湧いた。

レンタカーを返して仕事場のマンションに歩いて帰り、部屋に上がらずにクロスバイクで島之内まで往復した。荷物を詰めたリュックを抱えて仕事場の部屋に近づいたとき、元気になったらしい山井が電話で話す声が聞こえて来た。

「文紅、考え直せ」

ドアを開けると山井は慌てた顔で電話を切った。

「文紅が目出し帽かぶるの嫌やて言いよるから、アホなこと言うなて叱ったんや。佐村さんに見られるのが恥ずかしいて言いよる。気持ちはわかるけど、そんな場合と違うて叱った。ほんで口座の話やけど、文紅とはまだ話をしとらんけど、これ、さむちゃんに全部渡すわ。ネットバンキングのアドレスと暗証番号は通帳ケースにメモが入っとる」

「あの話は、もう、いいです」

オレはテーブルの上の通帳と印鑑とカードを山井に返した。

洋室で下見の資料を読んだ。十一時半にリビングに出ると山井がシュレッダーをかけていた。

オレも資料をシュレッダーにかけた。

山井が紐をつけた梱包ケースでアルルカンを背負った。これでクロスバイクに乗れば、万が一、見つかっても逃げられると、文紅が言いだした金融屋対策である。

仕事場の鍵を閉め、駅へいく山井にリュックを預けて繁華街の雑踏を迂回するいつものルートを走った。

焼き肉屋の赤いビルを越え、和菓子店の角を曲がって最初の辻の電信柱の脇にクロスバイクを乗り捨てた。携帯を見ながら予定の時間に合わせて大通りへ戻る。すべり込んできた白い軽バンの後部シートに乗り込むと、髪の毛を後ろで束ねた文紅が振り返った。

「ぴったり時間どおりね」

交差点の先で山井が乗り込んできた。

助手席でシートベルトを締めながら山井が言った。

「全員集合や」

＊

塀を跳び越えた。

静まり返った本殿が黒い影になって目の端に見えた。

有刺鉄線を巻いた鉄の棒を踏み切ったときに、赤外線セキュリティが反応したのだろう。

回転灯がまわりだしている。

身体が一瞬、空中に止まった。

そこから一気に重力が来た。

目を見開いて地面を探したが、よくわからない。突然、靴裏に衝撃が走って肩から地面に転がった。ようやく止まったとき、オレは敷地の庭に仰向けに転がっていた。

起き上がって回転灯の下のドアを目指す。

ツマミをまわして鍵を開け、ドアを押すと、絵を抱えた文紅と折り畳んだハシゴを抱えた山井が駆け込んできた。

素早くドアを閉じて鍵を閉め、北側の繁みを目指して庭を走った。

セキュリティ会社の警備員が来て、泊まり込みの職員と一緒に庭をライトで二、三度照らして帰っていった。

「十分で来たわね。想定の二十分よりずいぶんと早い。近くにいたのかもしれないわね」

警備員が拠点に戻る時間を想定してしばらく繁みの陰に身を潜めた後で、折り畳み式のハシゴを置いて絵を背負った。

「予定通り本殿の特別室を裏から目指すで。絶対に返すで」山井がオレと文紅を振り返る。

「今、三時五分よ」

「いきましょうか」オレの声に山井が「よっしゃ」と反応した。

山井は真っすぐに裏手のドアを目指した。

裏口のドアに山井が合鍵を差し込むと、すんなりと開いた。開けると小さな玄関があり、香(こう)

の匂いが漂う真っ暗な廊下が奥へ延びていた。

セキュリティが反応した気配はないが、たしかなことはわからない。防犯カメラがあるのかどうかもわからない。

「ちゃんと靴を脱いでね。今、三時十分。今から十分でここへ戻って来るわよ」

山井と文紅の後について暗い廊下を進んだ。

香の匂いは奥へいくほど強くなる。

ふたりを追って突き当りを左に曲がると、山井の懐中電灯が右へ左へ揺れていた。

「あかん、何か違う。この廊下の右手に特別室のドアがあるはずなんや」

「山井さん、落ち着いて。さっき、ドアがなかった？　あのドアを開けると山井さんが出入した特別室の前の廊下なんじゃない？　ってことは、今いるこの廊下は特別室の反対側で、このドアも特別室のドアじゃないの？」

文紅が懐中電灯で廊下の左手にあるドアを照らす。

「文紅、鍵を入れてみろ」オレは言った。

三個の合鍵はひとり一セット持っている。

「開いた」文紅が言った。

なかへ入ると、雑多に物が置かれた収納室のような部屋だった。

「奥にもドアがある」文紅は最後の鍵を差し込もうとしたが、鍵穴に合わない。

山井がピッキングで鍵を開けてなかを照らした。

「あかん。行き止まりの物置や」

オレは懐中電灯で部屋の奥を探った。もう一枚、ドアがあった。先ほど入らなかった鍵がすんなりと入った。ドアを開けると、足裏にふかふかの敷物の感触が伝わってきた。

懐中電灯で部屋を照らすと、山井が記憶を頼りに描いた特別室のスケッチそのままの空間だった。

「さむちゃん、そこの壁や」

山井に言われて梱包ケースを下ろし、絵を取り出した。

壁にかけると部屋の空気がパッと張りつめて、三人の懐中電灯がアルルカンの絵の上で揺れた。

「特別室に返したで」山井が言う。

「もう十二分、すぎている。急ぎましょ」

文紅の声で我に返った。

気泡入りの緩衝材とクラフトマスカーを空になった梱包ケースに詰め込んで、鍵を閉めながら廊下まで出る。

山井のハァハァという息づかいを聞きながら玄関に辿り着いて靴を履き、ドアを閉めて繁みに戻ったとき文紅が言った。「三時二十八分。予定より八分オーバー」

内部のセキュリティが反応していれば、そろそろ警備会社が来てもおかしくないが、十分待っても警備員が来る気配はない。

「どうする?」文紅が振り返った。

「いこう」オレがハシゴを持つと文紅は飛び出した。

ドアを開けて駐車場に出た途端、人感センサーのライトが光った。

「えっ」文紅の声に振り返ると、塀の上で回転灯がまわり出している。

ドアの開閉も塀のセキュリティと連動していた。

「山井さん!」文紅が叫ぶ。

ライトに照らされたドアの前で、山井がしゃがみこんで鍵穴をいじっていた。

「鍵が開いてたら不審やろ」

「山井さん、防犯カメラに写ってるわよ。あきらめましょ」

三人でドアを離れて駐車場の端まで来たとき、山井が立ち止まった。

「やっぱりもういっぺん、やってみるわ……。施錠せんと……」

「文紅、先にいけ」

梱包ケースを背負ってハシゴを持ったまま文紅に言って、山井を見た。

「山井さん、一分経ったらあきらめましょう。それまで落ち着いてやってください」

ふたりでまわり続ける回転灯の下のドアに近づいた。また人感センサーライトが光る。

山井は黙って指先を動かした。

振り返ると、文紅は駐車場のチェーンゲートの手前で、こちらをうかがって立ち止まっている。オレはハシゴを持った片手で、先に軽バンにいけと合図した。

一分過ぎたが何も起こらない。

「山井さん。あきらめましょう」

言ったとき、カタンと音がした
駐車場の端まで走った山井は、ハァハァと息を切らして手を膝についた。

文紅は緩やかな坂を下りて、教団の正門に続く坂道を横切っている。軽バンはその先の上り坂の奥に隠すように止めてある。

「頑張って走って来てください。軽バンで拾いますから」

山井を置いて夜道を走った。

緩やかな坂を下りたところで、目出し帽を脱いで砂利の坂道を駆け上がっていく文紅が見えた。オレも目出し帽を取って気力を振り絞って走った。

砂利道まで来たとき、軽バンのヘッドライトがついた。動き出した軽バンを待ってスライドドアを開け、荷物を荷室に放り込む。

「山井さんを拾うぞ」

「わかってる」

文紅は息を切らしながらアクセルを踏んだ。フロントガラスの先に身体を揺らしながらやってくる山井の影が見える。

一瞬、後ろの荷室を振り返った。文紅のキャリーバッグ、山井の紙袋、オレのリュック。パソコン、売らずに持ってきた最小限の光学機器、事務用プリンター……。

山井を車に引っ張り上げて、あの間取図の物件で秋まで三人で暮らしながらピカソをつくる。

もう一度前を見る。山井は正門に続く坂道でほとんど歩いているような速さになって足掻いている。ハンドルを切りながら文紅が叫んだ。

「警備会社よ」

左手を見ると住宅地の長い坂道の下に車のヘッドライトが光った。

文紅がブレーキを踏む。

オレがスライドドアを開けて、右手を思いっきり差し出す。

「山井さん！」

呼びながら、アッと思った。

差し出した手を一瞬見つめた山井の目は、恐ろしいほど冷たかった。

オレは、それでも手を伸ばす。

山井は冷たい目で見つめている。

ハァハァという息づかいが足元で聞こえた。

山井はオレの手にはすがらずに倒れ込むように車に這い上がってきた。

オレと山井がシートに身体を倒して警備会社の車とすれ違った後で、文紅はゆっくりと右折した。

しばらくして、まだハァハァと息をしている山井を見たが、山井はオレの視線を無視してフロントガラスの先の暗い夜道を見つめていた。

背中を冷たい汗が流れた。

冷静になってみれば、山井がオレを助けたいと思っているはずも、息子のように思っているはずもなかった。オレに危ない借金を背負わせたのは山井だった。

どうすれば生き残れるのか。

オレも真っ暗な夜道を見つめた。

三章　画材

「さむちゃん、気ぃつけてな。今日は雨や。もう梅雨（つゆ）や」

相変わらず、何事もなかったような調子で山井が話しかけてくる。

「ええ」と相づちを打って鉄骨の高い天井を見上げながら、この男はオレが何も知らないと思っているのかと、いつも思うことをまた思う。

大阪湾に突き出した古い埋立地（うめたてち）にある貸工場にいた。

幹線道路から巨大な臨海工場の塀沿いを進むと、塀は直角に曲がってまた続いている。

その角に四軒の町工場がある。貸工場は一番奥の端にあった。

「今日はどこや。アマチュア画家か？」

適当にうなずいて表のシャッターを半分開け、工場のなかに入れている軽バンを出した。

シャッターを閉めていると、隣の早川（はやかわ）プレスの社長が、作業服の胸ポケットから紙煙草（かみたばこ）を出しながら話しかけてきた。

「ミツシマくん、儲かるか」

いつものように「ええ」とうなずいて会釈を返す。

「それにしても羨ましいわ。奥さんは超美人やし。夢いっぱいや」

これも、いつものことである。

早川もほかの町工場の経営者も、オレと文紅は夫婦で山井が義父の中国人の一家だと早合点している。

貸工場の持ち主は満島という日本人だが、中国と関係が深いらしく、以前はふたりの中国人が住み込んで満島製作所の看板を掲げて仕事をしていた。看板は、今も残ったままである。

ここに来た翌日、何ヶ月も隠し通せるものでもないと考えて隣の早川プレスへ挨拶にいって、賃借の名義人である文紅の苗字で楊と名乗ると、早川はまた満島を頼った中国人が来たと思ったようだった。

「日本語、上手やな」と言われて「三人とも日本育ちです。コンピューターで複製画をつくる会社を立ち上げる準備をしています」と誤魔化すと、それで話はとおってしまった。

次に会ったとき、楊という苗字をすぐに思い出せなかったらしく早川は「ミツシマくん」とオレを呼んだ。オレは「はい」と答えた。金融屋から逃げている身では楊よりミツシマはなおさら都合がいい。

「困ったことがあったら何でも言いや」と早川に言われて仕方なく携帯の番号を交換すると「ここは大阪の地の果ての四軒や。家族みたいなもんや」と、並びの町工場の社長連中に中国人の一家として紹介してくれた。

塀の上の曇った空を見上げて、早川は紙煙草に火をつけた。

「今日も遠出か？」

「ええ」とまた答えて軽バンに乗り込んだ。

早川プレスの前をすぎ、鳴門（なると）鉄工所、坂根（さかね）金属加工の前をとおって空き地の前に軽バンを止めて辺りをうかがう。

金融屋らしい影は今日もない。

建売住宅とマンションが並ぶ住宅地で右折と左折を繰り返して川沿いの一本道に出た。道はそのまま淀川（よどがわ）左岸（さがん）線トンネルに続いていて、トンネル内の料金所を抜けると、その先で二股に分かれる。一般道に上がる左の車線は走らずに右の車線を走って長い坂を上ると、阪神高速神戸線だった。貸工場は秘密のトンネルで外の世界につながる隠れ家のような場所にあった。

ポツポツと降り出した雨のなか、高速を尼崎で下りた。

検査ラボの近くに小さな運河がある。橋を渡ってすぐのコインパーキングに軽バンを止め、ビニール傘をさして道路の向こうへ歩いた。


貸工場に逃げ込んだばかりの頃、山井と文紅は本物のピカソがつくれると言いながら絵具層のデータづくりに没頭していた。事務用プリンターで打ち出した絵具層の痣の上に山井がピカソの筆を想像して油絵具を乗せ、３Ｄスキャナーで読み取っては議論をして、またやり直す作業をふたりは延々と続けた。

山井の本音をハッキリと聞いたのも、ここへ来てすぐのことである。

寝床は鉄骨の階段の上の小さな二階にある。ここを家具とベニヤ板で三つに区切って真ん中は空け、文紅の部屋とオレと山井の相部屋をつくっている。

夜更けに目が覚めて、薄いカーテン一枚で隔てた隣の寝床に山井がいないことに気づいた。耳を澄ませていると、文紅の部屋の前で山井がささやいた。

「これが終わって画材が集まったら佐村はここに置いていく」

山井が通帳類と暗証番号のメモを入れていた白いポーチを探したが、いくら探しても出てこない。「通帳類はちゃんと保管してるでしょうね」とそれとなく訊くと、山井は平然とした顔で言った。

「大丈夫や。通帳はマンションを出るときにシュレッダーにかけた。印鑑は駅のゴミ箱に捨ててきた。こんな場所へ逃げ込むんや。万が一泥棒に入られたらえらいことや。ネットバンキングのIDやら暗証番号はわしの頭のなかに入っとる。暗証番号はちゃんと変更しとる。わしが生きとるかぎり、心配ない」

殴りまわしてIDと暗証番号を吐かせてやろうかと思ってあきらめた。こんなことされるんやったら、わし、絵はつくらん、と開き直られたらオレの負けである。暴力でふたりを何ヶ月も支配することなどできない。どちらかに逃げられたピカソはつくれない。

風向きが変わったのは、絵具層のデータが完成して画材集めに取りかかったときだった。

山井があてにしていた梅田の画材店済生堂には、オレが軽バンを運転して出かけた。古い倉庫で手に入ったのは、マスチックワニスと地塗りの材料である鉛白(えんぱく)、下描きに使う木炭鉛筆だけだった。

山井は木枠の木や麻布、釘を手に入れるために知人の画商からアマチュア画家の古い油絵を買ったが、年代測定にかけるとすべてゴミだった。

●画材

木枠用木材(オーク材　一九六七年~一九七一年)

釘(平頭　鉄製　一九六〇年代製)

麻布(中粗目　一九六七年~一九七一年)

膠(にかわ)(ウサギ由来　一九六七年~一九七一年)

✓鉛白(一九六九年~一九七一年)

✓木炭鉛筆(一九六九年~一九七一年)

乾性油(かんせいゆ)(亜麻仁油(あまにゆ)　一九六九年~一九七一年)

油絵具(五色　一九六九年~一九七一年)

✓ワニス(地中海産樹脂由来マスチックワニス　一九六七年~一九七一年)

チェックが増えないホワイトボードの一覧を眺めて、山井はオレに頭を下げた。

「さむちゃん、軽バンで外まわりをして画材を探してくれへんか」

内心ほくそ笑みながらうなずいた。

画材があれば引き換えに山井から口座を奪うことができる。

外まわりをはじめて一ヶ月半がすぎている。ホワイトボードのチェックは増えないままだが、実際には画材はほとんど集まっている。

コインパーキングから歩いて一分ほどで、カラフルなコンテナ型の収納スペースが並んだトランクルームに着いた。

一番奥の細長いシャッターを開けると、一畳半ほどの空間に、除湿ボックスがふたつとビニール袋が四つ、昨日と変わらずあった。

除湿ボックスのなかは油絵具と乾性油、ビニール袋には木枠の木や麻布、釘を取るための古い油絵である。年代測定も終えて問題がないとわかっている。

膠は昨日、長い旅行に出ているアマチュア画家の男と連絡がついて、帰宅すればもらい受ける約束ができた。時代も成分も間違いはない。旅先から送ってくれたパッケージの画像には、一九六九年製のウサギ由来の膠とあった。

完成までの残りの日数を考えれば、そろそろ山井と文紅に仕事をさせる頃である。

オレはトランクルームの近くにある喫茶店に入って、コミックと文庫本を並べた棚から昨日の続きの小説を手に取った。

午後にネットカフェに場所を変え、夕方の四時にトランクルームからビニール袋を四つ持ち出して山井に電話をかけた。

「ほんまか！　さむちゃん、凄いやないか！」

山井の興奮した声が、ヘッドセットの耳元でうるさいほど響く。

「しかし、ピカソと同じ時代のフランス人が描いた油絵をどうやって見つけたんや」

「最初は乾性油を持っていた元美術教師です。乾性油は蓋が開いて黄色く固化してましたけど、昔話を聞いていましたら、その先生が高校生の頃に憧れた美術部の顧問の女性教師が、フランスのアマチュア画家と交流があったとわかりました。今から五十年ほど前の話です」

「ほんで？」山井が訊く。

「女性教師が若くして他界していたと知って、画材探しで一度会った高齢の元教師を訪ねたら実家がわかりました。独身の姉さんが遺品の絵を納屋に四十点ほど持っていて、そのなかに、ピカソが暮らした当時のフランスで描かれた絵が四点ありました」

すべて本当の話だが、三週間前の話である。

「謝礼はなんぼ払うた？」

「ただです」

それも本当だった。

「ほんで、さむちゃん、今、検査ラボの近くやな。わかった。待ってるで」

やっと電話を切って麻布と木枠から試料を採取し、持ち歩いている試料ケースに入れて検査ラボに向かった。結果はわかっているが今度は会社の方に結果のメールがほしいと担当者に伝え、以前、山井が話をつけた五日後対応の検査を申し込んだ。

貸工場に着くと、シャッターが下りるのを待ちかねて山井は油絵を取り出した。すぐに興奮した声が上がる。

「文紅、これ、どれもオーク材やで。ピカソと同じや。釘もばっちり平頭の釘やし、麻布も中粗目や。検査ラボからの結果は待つけど、これ、年代も当たりやで」

四点の古い油絵のうち、一点のキャンバスの裏には栞ほどの紙が貼られていて、制作の日付と簡単なメモが描かれてある。他の三点はサインの横に制作年が書かれていた。それを見て、山井は叫んでいる。

「文紅、はじめるで」

文紅はもう釘抜きを使って油絵から次々と釘を抜きはじめていた。ふたりが四点の油絵を麻布と釘と木枠の木に解体するのに十分とかからなかった。

山井は釘をビニール袋に詰めてシャッターの脇の勝手口へ向かった。

「坂根さんのとこへいってくるわ。まだいてはるやろ」

坂根金属加工の坂根は初老の熟練技術者である。

やはり、文紅も山井と同じ穴のムジナなのだろうかと思いながら、オレは息の合ったふたりの仕事を眺めた。

山井は一度誘われて断り切れずに釣りに出かけ、坂根が若い頃、技能オリンピックで二大会連続金メダルを取った凄腕の旋盤工だと知って付き合いはじめた。手に入れた古い釘を、長さも太さも形状もオリジナルのピカソとまったく同じものに成形する作業を山井は当初、ゴルフ場の伝手を頼って東大阪の町工場に依頼するつもりでいた。だが、時代の流れでコンピューター制御のNC旋盤を入れた後も、感覚が頼みの古い旋盤を使っている坂根は試しに渡した市販の釘を文紅が「人間技じゃないみたい」と言うほど、そっくりに成形した。

山井が帰って来ると、今度は文紅が声を上げた。

「これ、キャンバスの麻布をマイクロスコープで撮影した画像。右がオリジナルのピカソ、左がさっきの四点のうちの二十号の油絵。どっちも中粗目の麻布なんだけど、同じロールから取られたんじゃないかっていうくらい似てる」

「よっしゃ、文紅、絵具を落とすで」

山井が壁際の床にベニヤ板を置いてクリップで麻布を固定すると、文紅は裏の勝手口の鉄のドアと横手の窓を開け、換気扇をまわした。

マスクをしてビニールの手袋をはめた山井が溶剤のボトルを開封する。ストリッパーと呼ばれる絵具の剝離剤である。ボトル容器から透明のトロトロの液体を油絵に落とした途端、絵の表面がもぞもぞと縮れ始める。二本目のストリッパーを開けた山井は、大きな刷毛でキャンバスの端にも溶剤を伸ばした。

「触ったらあかんで。皮膚が剝がれるで。とりあえずこのまま放置しとくからな」

言い終わると山井は開けたままの裏の勝手口から路地へ出て、平べったい樹脂の水槽を持ってきた。山井が水槽に水を張りながら言う。

「水分をふくんだら釘を抜いてできた穴はある程度塞がる。乾いたらまた水分を含ませる。繰り返すうちに穴は埋まる。木の修復力いうのは凄いんや。それでも穴は残るから、そこだけこまめに水分を含ませて乾燥させる」

文紅が木枠のオーク材を手渡して、山井が一本ずつ水槽に入れた。

タオルをオーク材の上にかけ、最後にコンクリートブロックでおもしをして作業は終わった。


梅田の済生堂を訪ねた。

外まわりの社員が出払った事務所で、人の良さそうな社長は応接セットのテーブルを片付けた。

「山ちゃんとこの人やな」

「近くまで来ましたので……」

今どきこんな泥臭い営業があるのかと思いながら腰を下ろす。

ありきたりの雑談をした後で話題を山井に向けた。

画材探しの途中で図書館に立ち寄って書庫に入っていた古い美術年鑑を閲覧すると、画家一覧に山井青藍の名はあった。学歴も油絵画家としての経歴も山井が語った話と違いはなく、二十年以上前は東京住まいだった。

だが、画材と引き換えに取り引きをすると言いながら、オレは山井について、それ以上のことを知らない。

「ええと、佐村さん」オレの名刺を見ながら社長が言う。

〈修復工房リ・ボーン株式会社　画材担当チーフ　佐村嗣治〉

画材集めのためにつくった名刺である。

金融屋が恐かったが、何もかもを偽ってしまったら信頼を得ることは難しいと考えて、名刺の苗字だけは佐村のままにした。この名刺を持って、同じ時代の画材を使って修復してほしいという依頼が増えているので古い画材を探していると切り出しては身の上話を聞き、次を紹介してもらい、美術年鑑の画家、美術教室、画材店、骨董店にも飛び込んで二百人近い人間に会っていた。

「山ちゃんとは、高校から帰ったら美大受験の専門学校へ飛んでいって毎日、夜まで石膏デッサンをした仲ですわ。夏休みには、お互いの家を行き来したりしてね」と、社長は話した。

「山ちゃんの実家は東大阪の木工所ですわ。木には詳しいよ。彫刻家志望やったけど木工所の経営が上手いことといかんようになって、彫刻では到底食えんと油絵に志望を変えたんですわ。木工所は山ちゃんが大学を卒業する頃には、たたんでしもうたんと違うかな」

オーク材の釘穴の処理を語っていた昨日の山井を思い出す。

だが、五分もしゃべると社長は時計に目をやった。

慌てて訊いた。

「画家としての腕はどうだったんですか」

半分、腰を上げながら社長は言った。

「ああ見えて物凄いもんでした。芸大を出た後、すぐ売れっ子になりました。山ちゃんは当時東京で、ぼくは美大はあきらめて家業を継いで大阪でしたから、付き合いはなかったんですけど評判が聞こえてきました。
　時代の波で急に注文が減って、こっちへ戻ったのが二十年くらい前かな。大阪で個展をやるて案内状が来て、ひさしぶりに会いました。プライベートのことは訊きませんでしたけど、中国の水墨画家の先生に教えてもろうたうえに、いろいろ助けてもろうて復活できたて言うてました」

「中国？」

「その先生、当時、東大阪にいてはったみたいです」

「東大阪？」

「ヤン先生て言うてましたかな」

「山井の師匠が東大阪のヤン先生ですか……」

文紅の流暢（りゅうちょう）な日本語が耳に蘇った。

軽バンに戻って、水墨画家の楊を検索すると、日本画の技法を採り入れるために一時来日していた楊皓（ヤンハオ）という人物が出てきた。九〇年代以降に活躍した中国の水墨画家で、中国南寧（ナンニン）市出身。父も祖父も水墨画の画業の系譜である。

南寧を調べると広東語の文化圏だった。文紅は香港の駅やホテルで流暢に広東語を話していた。

ナビに山井の自宅アパートの住所を入れた。

東大阪の山すそに広がる住宅地のなかでエンジンをかけたまま軽バンから下り、金融屋の影はないかと周囲を見た後で、山井の部屋の前までいくとまだ表札がかかっていた。

入居者募集のプレートを確かめて不動産会社へ走った。

どうせ家賃は滞納しているに違いない。山井の甥とでも名乗って溜まった家賃を払えば鍵を預かれるかもしれない。だが、担当者は上司が不在で勝手にはできないと言って話が進まなかった。

明日は定休日で明後日には上司が来るという。

名刺を置いて不動産会社を出た。

貸工場に戻ると、山井と文紅が台所からオレを見た。

「さむちゃん、麻布を煮込んどるとこや」

ふたりは大きな寸胴鍋をコンロにかけて、昨日ストリッパーで油絵具を落とした麻布を煮ていた。

「水洗いもしたけど、これで、いろんなもんが落ちて、まっさらな麻布になりよる。麻布の目の間に残っとる地塗りの鉛白やら、膠も溶けて出ていきよる」

「膠は熱に弱いのよ」

すかさず文紅が説明をつけ足す。

オレが冷蔵庫から出したペットボトルの水を飲んでいると「佐村さん、これ見て」と、文紅はビニール袋に入れたピカピカの釘をオレに見せた。

「坂根さんがさっそく成形してくれはった釘や。文紅が調べたら、恐ろしいくらい同じやった」横から山井が言った。

「凄いわよ」

文紅のタブレットに釘を調べた結果の一覧があった。

木枠を組むのに二十五本、画布を固定するのに四十四本の平頭の釘が必要である。解体した油絵から手に入れた釘は全部で七十本ほどあったが、それらがすべて必要な形と長さに寸分の狂いもなく削られている。

「心配ないわよ。削ったらピカピカになっちゃったけど、水道水を沸かして鍋蓋の裏で蒸気を集めて純水をつくっておいた。入れておけば、削られてピカピカになった鉄釘に早ければ三日で錆がつく。一週間も経てば錆だらけよ」

まるで料理でもするように、寸胴鍋の横の小さな鍋から純水をタッパーに移して釘を沈めている文紅の顔を、オレはしばらく眺めた。

*

「油絵具と乾性油が見つかりました」

尼崎のトランクルームから画材を持ち出して、軽バンから山井に電話を入れた。

「マジか！　どこで手に入ったんや」山井のうるさい声が耳に響いた。

「探し物の対応してくれる京都のアンティークショップです。頼んでおいた荷物が、今朝、イギリスから届いたと連絡がありました」

「アンティークショップ？」

「何軒かの画材店で、うちは骨董店と違うと言われて骨董店を当たっていたら探し物をしてくれる京都の店を教えてくれたんです」

「なんで黙ってるんや。水臭いやないか」

「まさか、本当に見つかると思わなかったんで」

山井は一瞬静かになって「ほんで、何が届いたんや？」と訊いた。

「一九七〇年六月にフランスで製造発売された大型チューブの三十六色の絵具セットが三箱。一七〇ミリのチューブです」

「凄いやないか！」

「一九七〇年イギリス製のリンシードオイルのラベルがついた、五〇〇ミリリットルの箱入りボトルの乾性油も三本あります」

「ほんまか、さむちゃん。ほんまか」

山井の興奮は収まりそうにない。

電話の向こうで文紅と話す声が聞こえる。

山井はまた静かになった。

「どうやって、そんだけのもん見つけたんや」

「アンティークショップの女主人の元夫が、イギリスのシェフィールドでバイヤーをやっています。イギリスやフランス、イタリアあたりにはヨーロッパ中のアンティークが集まる市場があるらしいです。古い家が壊されれば家具やドア、取っ手、陶器の置物、マントルピースなんかの商品が生まれますし、人が死ねば、プライベートな家族のアルバムや雑誌も、アンティークの商品として現地の遺品整理業者から流れてくるらしいです。今回は、全部、未開封ですから閉店した古い画材店が壊されたんじゃないかって言ってます」

「しかし、年代もそれだけバッチリのもんが、見つかるもんやな」

「どれくらい正確に年代が合う必要があるかと訊かれたので、放射性炭素年代測定の原理を話しました。それが効いたんだと思います」

実際オレは、アンティークショップで説明をした。

自然界に存在する^{14}C炭素は動植物が生きている間は供給され続けるが、命を終えると供給がなくなり長い年月をかけて減っていく。加速器質量分析計で^{14}C炭素の減少を測定すると、その動植物がいつ命を終えたのかがわかる。乾性油は植物由来で、絵具にも植物由来の顔料や乾性油が含まれている。もととなる植物がいつ収穫されたのか、もっとも新しいものを特定すれば、少なくとも、いつ以降につくられた製品なのかがわかる。

すると、女主人の顔色が変わって「お高くつきますけど」と言ったのである。

オレは送料込みで九十万円の代金を金融屋から余分に借りていた自分の貯金から支払った。

「ほんで、さむちゃん、三十六色の絵具セットに何が入っとるか見たんか」

「開けました。必要な五色がそろってます。硫黄系のブルー、やはり硫黄系でセレンを含むレッド、カドミウムイエロー、シルバーホワイト、バーントアンバー。全部あります」

「奇跡や」

オレも二週間前、そう思った。油絵具について細かな指定はできなかったが、すべてそろっていた。

「絵具を開けてみてくれ。ダッシュボードにペンチがあるやろ。それでチューブ絵具の蓋を開けるんや。さむちゃん、気ぃつけてな。この時代のチューブは錫張（すずば）りの鉛チューブなんや。今ほど丈夫やないんや。中身が固まってなかっても、油分と顔料は分離しとる。最初に油分が出る。その後に顔料が出てくる」

そんなことは、とっくに勉強済みである。

画材集めで出会った何人ものアマチュア画家や元美術教師たちが、親切に教えてくれた。

「バーントアンバーから開けてみてくれるか。あの絵の主役の色や」

小皿に開けると、二週間前と同じように、黄色く透明な油分が流れ出てその後から土気色の顔料がゆっくりと出てきた。

「大丈夫です。絵具も乾性油も試料を採って、年代測定に持ち込みます」

「くれぐれも運転、気ぃつけてな。わし、検査ラボに連絡して値段の交渉をしとく。同じ種類で数がまとまったときは相談に乗ってくれる約束や」

電話を切って近くの喫茶店に入り、棚から読みかけの文庫本を取り出した。

二時間ほど時間を潰（つぶ）して、結果のわかっている年代測定を検査ラボに持ち込んだ。

山井は検査料を半値に下げさせていた。

貸工場に帰ると、山井はまた興奮した。

「これ、マジで全部、一九七〇年製やないか」

三十六色の絵具セットの箱には〈ｊｕｉｎ　１９７０〉のフランス語の印字があり〈Ｌｉｎｓｅｅｄ　Ｏｉｌ〉のラベルがついたイギリス製の乾性油の箱の製造年月は一九七〇年一月だった。

「それにしても完璧や。絵具は分離しとるけど混ぜたら問題ない。五十年経ってこの状態って、凄いことやで。乾性油なんか下手したら十年で黄色う固化するけど、新品みたいや。箱のなかにあったから太陽の光がほとんど入ってないんや」

山井はしゃべりまくった後でやっと「これ、なんぼしたんや」と値段を訊いた。

日付を打たずにもらっておいた九十万円の請求書を見せ、現金で支払いにいくのでオレの口座に振り込んでほしいと山井に頼んだ。

「今日も遠出か？　可愛い奥さんがおるんやから、事故には気ぃつけや。今度、四軒の工場でバーベキューやるんや。春先は忙しいし、もうちょっとしたらメーカーの夏休みの影響で納期の短い仕事が迫ってくるから梅雨の晴れ間の恒例行事や。一緒においでや」

軽バンを出していると、隣の早川が声をかけてきた。

「ええ」とうなずいて貸工場を出た。

東大阪の不動産会社に着いたのは昼だった。

山井が滞納している家賃と来月分の家賃を払い、本人は入院中だから部屋を整理したいと言って免許証を見せると上司の男は「いいっすよ」とアパートの部屋の鍵を預けた。

山井の部屋はほんのりと油絵具の匂いがした。

修復工房のアルバイトは本当らしく、イーゼルとパレットが壁際に置いてある。ゴルフ場のアルバイトも本当らしい。冷蔵庫にゴルフクラブの送迎バスの時刻表が貼ってあった。

窓際の衣類ダンスを下から開けていく。

一番上の引き出しに個展のパンフレットが二十枚ほどあった。二枚は山井の個展だった。山井は水墨画の技法を採り入れた淡彩色に近い油絵をふたつの個展で発表していた。ほかはすべて中国人水墨画家、楊皓が日本で開いた個展だった。

隣の引き出しを開けると、もう一枚楊皓の個展のパンフレットがあり、プリント写真の小さなアルバムが乗せてあった。

めくっていくと、オレの知らない男と山井と水玉のワンピースを着て赤いランドセルを背負った女のコが三人で並んで写る写真が出てきた。

裏にペン書きのメモで楊皓先生、山井、楊文紅とあった。

文紅の年齢からすれば二十年ほど前の写真である。

文紅の顔立ちは楊皓にそっくりだった。

山井と文紅は、修復工房のアルバイトで出会ったふたりではなくて弟子と師匠の娘の関係だった。だから佐村をここに置いていくと山井が言ったとき、文紅は「そうね」とうなずいたのだろう。

三人で暮らすと言って、あの貸工場に連れて来られたオレは、いつでも使い捨てにできる都合のいいコマであるに違いない。

何のためにこんなことをするのか。

思った瞬間、はじめて会った日に文紅が言った言葉を思い出した。

「お金がほしいにきまってるじゃない。ほかに理由なんてある？」

アルルカンの絵が来た日に山井が語った言葉が蘇る。

「この絵は人間の深い業を突き付けてくる絵なんや。アルルカンは道化師やけど、もうちょっと詳しく言うと、当時の旅芸人が演じた喜劇のなかに登場するホラ吹きで、強欲で、ずる賢い道化役や。つまり人間の本質を背負うた道化や。ピカソが最後に描いた油彩のアルルカンは、おまえは本来、そんな人間やと、観てる者に人間の本質を突きつけてくるんや。わし、この絵、見てるとスッとするわ」

山井は、自分もまたホラ吹きで、強欲で、ずる賢い人間だとオレの前で言い放っていた。

震える指でアルバムをめくって動けなくなった。

民家の庭の桜を背景に同じ水玉のワンピースを着た文紅と山井と楊皓の隣にいるのは、オレの父だった。

裏返すとやはりメモがある。

佐村智、楊皓先生、山井、楊文紅。

アルバムの下にあったパンフレットを見る。楊皓の個展の主催者は大阪・梅田の画廊、共催者は佐村画廊で阿倍野の家の住所があった。

嫌な予感がした。

写真から十年後、今から遡って十年前、楊皓のこの個展の半年後にオレの父は首を括って死んでいた。

主催者の梅田の画廊に電話を入れた。佐村画廊の息子だと名乗って事情を知る人物に会えないかと頼んだが、先代の主は高齢で療養施設にいるという。応対に出た社員が、オレを気の毒がってほかに関係者がいないかと記録を調べてくれた。折り返しの電話を聞いて唖然とした。

「詳しい事情はわからないのですが。この個展は直前に開催中止になっております」

父の死顔が浮かぶ。報せを受けて駆けつけた北陸の小さな警察署の霊安室で遺体袋からのぞいた父の顔は、こんなはずではなかったと言いたげに、口をポカンと開けていた。

父は楊皓の個展を企画してハシゴを外されて死んだのではないか。

楊皓にとっては、父も金儲けのための使い捨てのコマだったのではないか。

北浜に持っていた画廊をたたんで阿倍野の実家をギャラリーに改装し、再起しようと踏ん張っていた頃である。個展ひとつも、父にとっては命取りだった。

父が首を括った、海辺の一軒宿を思い出した。

詫びにいくと支配人が最期の現場を見せてくれた。太い木の梁がある広い土間のホールに油絵とは違う大きな赤い絵が飾られていた。

あれは楊皓の絵ではないのか。

父は、楊皓を恨んであの絵の前で死んだのではないのか。

調べてみると一軒宿はまだあった。

電話に出た支配人は土間にあった絵を覚えていた。オーナーの死後、遺族が処分したが、写真が残っているという。メールで送られてきたのは記憶に焼きついた赤い絵だった。

額装の下のプレートを携帯の画面で拡大すると〈楊皓作　文紅〉とある。

これほどの当てつけはない。

遺書の一枚もなかったが、死に場所が父の遺書のようなものだった。

父は楊皓が娘の名をタイトルにつけた絵の前で死んでいた。

二枚の写真と個展のパンフレットを持ち出してアパートを出た。

坂の途中の洋風の塗り壁の古い喫茶店に入ると、サイフォンでコーヒーを淹れる店だった。

父が昔、北浜に持っていた画廊を思い出した。突然倒れて他界した母は反りの合わない継母である。オレが中学生の頃に癌で他界した実母は、画廊の給仕場でサイフォンで淹れたコーヒーを客に出していた。

「あら」カウンターの上に置いた写真を見て店主は言った。

「これ、楊先生に山井さん。それに、楊先生のお嬢さんね」

「知ってるんですか」

「ずいぶんと昔ですけど、よく来てくれたんです。楊先生が奥さんと娘さんを連れてきて。楊先生もハンサムでしたけど奥さんも美人で、娘さんも可愛らしかったんですよ。この方、山井さんっていう画家さんなんですけど、一緒にここでケーキを食べたり、コーヒーやジュースを飲んだり、楽しそうでしたよ」

「この人に見覚えはありますか。佐村といいます」写真の父を指さした。

「さあ、いつも楊先生のご一家と山井さんの四人でしたよ。山井さんって、楊先生の本当の家族みたいにすごく仲がよかったんですよ」

今のオレと同じように、父は最初から除け者だった。

名刺を出して、絵画関係の仕事をしていると言い「楊先生はいつ頃までこの店に来ていたんですか」と訊いた。

「もう十年になるんですかね。突然、見えなくなって。楊先生、中国へ帰られたって後から聞きました」

父が死んだ頃である。

写真を見て店主が言った。

「これ、楊先生のご自宅ですよ。すぐそこです。今は空き家ですけど」

日暮れの道を歩いて教えられた場所へいくと、平屋の家があった。

低い塀の向こうに見える庭は草が茂って荒れていたが、桜の木は変わらずあって夕闇のなかで葉を茂らせて立っていた。

父はここへ何度も足を運び、画商として楊皓と関係を築いて再起を模索し、裏切られて死んでいた。

ホームセンターで山井の部屋の鍵の合鍵をつくって不動産会社に返した後、大阪と東京の水墨画を扱う画廊に五件ほど電話をした。楊皓の名は広く知られていたが親交のある人物はいなかった。

翌日、心斎橋の画廊に飛び込んだ。昨日の電話で不在だった老齢の主は名刺を見て「佐村さんて、昔の佐村画廊の息子さんか」と訊いた。実のある話が聞けるかと思ったが主は「さあ、楊皓。名前は知っとりますけど、会うたことはおまへんな」と話を切り上げた。

東大阪の平屋の前に軽バンを止めて、近所の家のインターホンを片っ端から押してまわった。水墨画家である文紅の父親を探していると適当な理由をつけては名刺を差し出す。

夕方になって文紅の同級生の母親にいき当たった。

楊皓について記憶にないという彼女は文紅の話をした。

「文紅ちゃん、どうしてるんやろ。たしか中国へ帰ったのよね。それとも日本にいてるんやろか。スラっとした綺麗な子やったから美人になったやろねぇ。お金持ちと結婚したんかな。とにかく、高校に入った頃はまだ、そこの平屋にいてやったね」

教えてもらった別の同級生の実家を訪ねると、仕事休みの同級生が自宅にいた。

「へえ、楊ちゃんのお父さん、画家やったんですね。楊ちゃんとは中学三年のとき同じクラスやったのよ。男の子はもちろんやけど、女の子からも好かれてました。楊ちゃんのこと嫌いやった子なんていませんよ。高校に入ってから中国へ帰ったって聞きましたけど」

三日続きの雨のなか、また平屋の前に軽バンを止めた。

文紅の小学校の担任だった女性教師に話を聞いた。

「お父さんは有名な画家なんですよね。それ以上のことは知らないんです。とにかく文紅ちゃんは努力家よ。すぐに日本語も覚えたし、やさしい子でしたよ。正義感が強くって、人を傷つけるなんて絶対にしない子ね。元気にしてるのかな」

闇雲にチャイムを鳴らしていると山井が電話をかけてきた。オーク材と麻布、鉄釘の年代測定の結果が届いて問題はなかったという。白々しい相づちを打つのが面倒で早々に電話を切った。

やっと晴れた空の下、また東大阪へ向かった。

ホームセンターでつくった合鍵で山井のアパートの部屋に入った。

部屋を漁り疲れて帰ろうと思ったとき、台所のテーブルに足が当たってイスに積まれた漫画雑誌の間から、十枚ほどの白い紙が床に落ちた。拾いあげると間取図だった。住所も物件名も消されているが、空間の大きさと周辺道路の幅員は記されている。そのなかの一枚は、今まさにオレと山井と文紅が暮らすあの貸工場だった。

山井はコンビニのファクスで受け取ったらしく、三月上旬の受信日時が印字されている。

あの貸工場は、香港にいくずっと前から山井と文紅が次の候補地として選定していた場所だった。

拳(こぶし)でテーブルを殴った。

日暮れのコンビニの駐車場で痛む右手を冷やしていると、膠をゆずってくれるアマチュア画家の男から電話が入った。

「明後日の午後、戻りますよ」

「その日に、いきます」勢い込んでオレは言った。


東大阪から高速道路を近畿自動車、名神、神戸線と乗り換えて、いつものように大まわりに帰った。

四軒の町工場は真っ暗だった。

「昔は九時でも十時でもやっとったけど、いまは仕事もあらへん」と早川が言うとおり、早川プレスのプレス機の振動音はたいてい五時すぎに止み、従業員はバイクや自転車で帰っていく。貸工場以外はみな自社所有の工場で、社長連中は近くの自宅に帰ってしまった後だった。

寝静まった工場街で貸工場のシャッターを開けた。

文紅はパソコンの前に座っている。

山井は長テーブルで釣り雑誌を読んでいた。

裏の勝手口から横手の道路に出て、ひとりになっていると山井が来た。

「さむちゃん、昼間、文紅には話したんやけど、３Ｄプリンター、手に入るかもしれん。坂根さんがリースの保証人になってくれはる」

「よかったですね」

言いながら、この男はどこまで人を欺けば気が済むのかと思う。

坂根にそんな余裕はない。上下グレーの作業着の裾は擦り切れている。釣り道具もずいぶんと使い込んだものばかりである。倹約家の金持ちに見えなくもないが、商売道具の軽トラックのタイヤまですり減っている。

「仕事の話を訊かれて3Dプリンターの話をしたら、坂根さんから保証人になるて言うてくれはったんや。坂根さん、子どもさんもおらんし、奥さんに先立たれて一人暮らしや。ああ見えて、お金はぎょうさん持ってはる。あの人、若い頃、独立するのに苦労しはったから、設備がなければ腕も才覚も発揮のしようがない言うて助けてくれはるんや」

「リース会社がうんと言わないでしょ」探りを入れてみる。

「大丈夫や。坂根さん、十年分ほどの決算書を見せてくれはったけど超優良経営や。前に美濃部から聞いたリース保証の条件を十分にクリアしてる。

このことは、バーベキューのときも、隣の早川くんとか鳴門鉄工所の社長には言うたらあかんで。今のところは、わしと坂根さんの話やから。あっ、明後日ここの四軒でバーベキューやる話、さむちゃんにも言うたな」

何も言う気がせずに黙っていると、貸工場のなかに戻りかけた山井は振り向いた。

「せや。わし今晩、夜釣りにいってくる。坂根さんに誘われたら断れんわ」

坂根の軽トラックが表に止まって山井が出かけた後で、もう一度、裏の勝手口から路地へ出た。

パソコンに集中している文紅の目を盗んで横手の道路とは逆に路地を奥へ進む。

早川プレス、鳴門鉄工所の裏をとおって一番奥の坂根の工場まで来ると、裏口のドアは錆びついて閉まり切らないまま浮いていた。両手で思いっきり手前に引く。頭の上から錆と埃が落ちてきて、ドアは半分開いた。

油と金属の焼けた匂いがこもった真っ暗な工場のなかを携帯のライトで照らす。

表のシャッターの近くまで進むと大工仕事でしつらえた事務所があった。壁に技能オリンピックの表彰状が二枚かかっている。坂根が優れた職人であることに間違いはないのだろう。だが、散らかった机が苦しい経営を物語っている。

引き出しを開けると案の定、事業者向けに高利の金を貸す商工ローンのパンフレットが積み重なっていた。

「何が保証人だ」とつぶやきながら、パンフレットの下を探ると〈寸志〉と表書きした茶封筒が出てきた。

裏には〈金二十万円也　楊満男（みつお）〉と書かれている。山井が渡した鉄釘の成形料なのだろう。

封筒はもう一枚、出てきた。同じ山井の裏書で十万円の寸志だった。

そのとき、表に車が止まる音がした。

咄嗟に事務所を出て、機械の陰に隠れる。

「ああ面倒くさい」

ぼやきながら、シャッターの脇のドアから坂根が入って来た。

「夜釣りのふりして、あの婿を置いて娘と逃げるための下見にいくて、どういうこっちゃ。昼間はあちこち出歩くのは恐いて、中国人の考えとることはわからん。婿を油断させるためにリースの保証話をでっち上げるいうのも無茶苦茶な話やで。ああ、あの竿、どこや。あのタコ坊主にキスなんか釣れるかい。そこまでして夜釣りのアリバイつくる必要があるんかいな」

坂根は工場の照明もつけずに、ほんの三メートルほど先で懐中電灯を片手にぼやいている。

「しかし、婿への口留め料込みで十万円じゃ、ちょっと割に合わん。タコ坊主ともういっぺん話せなあかん。あっ、あった、あった」

坂根が竿を一本持って出ていった後で貸工場に戻った。

ユニットバスをカーテンで囲っただけの脱衣所兼浴室で火照った身体にシャワーを浴びせて出てくると、文紅が呼んだ。

「ほら、大丈夫だったでしょ。こんなに錆だらけよ」

タッパーの純水に浸けた釘を細い指が一本つまみあげた。

「でも、不思議ね」

「何が？」

「純粋な水が嘘の錆をつくるなんて、不思議じゃない？」

オレは何とも答えずに寝床に上がった。いつまで経っても眠れなかった。汗ばんだ首元を手のひらで拭って時計を見ると、深夜の三時すぎだった。

＊

興奮気味の山井の声がうるさい。

「検査ラボから結果が帰ってきたで。油絵具も乾性油も年代測定の結果は問題なしや。後は膠だけや。ほんでさむちゃん、今どこや」

「京都です」

「膠どや？」

「見つかりません」

「バーベキュー、間に合わんな。早川くんに言うとくわ」

ヘッドセットの電話を切ってひとつ息を吐き出す。

明石(あかし)海峡大橋の両側に暮れなずむ瀬戸内海が広がっている。

膠をゆずってくれた男は、淡路(あわじ)島の西側海岸に建つ小さな別荘風の家にひとりで住んでいた。旅の土産話を少し聞き、膠を三袋、受け取った。間違いのない膠だった。

「若い頃は、ヨーロッパの画家に憧れてウサギ由来の膠を使っていたんですが、大学を出たときに牛のパール膠を友人からもらって、ウサギ由来はアトリエに眠らせたままになりました」

電話で一度聞いたとおりの話に曖昧な点はない。画像を送ってもらったとおり、パッケージには一九六九年製のウサギ膠とあった。

この膠と引き換えに、山井に口座のＩＤと暗証番号をしゃべらせる。

どうせ山井はこう言う。

膠を渡してくれんかったら絵ができんやないか。さむちゃんにも一円も入ってけえへんで。金融屋の借金どうするんや——。

どちらが先に折れるかのチキンレースだが、こんな勝負は自分が瀬戸際にいると知っている人間が勝つときまっている。

明石海峡大橋を渡って山手のジャンクションで神戸線に乗り換えたとき、また電話がかかった。ヘッドセットの耳に、明るい女性の声が聞こえた。

「早川ですぅ。主人がいつも……」早川の奥さんだった。

「ミツシマさんもハンサムやて聞いたけど、奥さん、超美人ですね。それだけです。待ってますね」

バーベキューは盛り上がっているらしい。

夜の七時だった。尼崎の検査ラボはもう閉まっている。まだ痛む右手をハンドルに軽くかけて、オレはゆっくりとアクセルを踏んだ。

早川プレスの前に、社長家族と従業員の家族が三十人ほど集まっていた。

貸工場に軽バンを入れ、膠をリュックに仕舞って寝床の下に押し込んだ。

「早川です」電話で話した奥さんは、色白のふくよかな女性だった。

皿に入れた肉と野菜を持ってきて、紙コップにビールをついでくれる。

「美男美女のお似合いのご夫婦やわ。お子さんの予定は？　うちは子どもがふたりおるんですけど今、塾へいってます。子どもができたらできたで大変よ。今どき町工場の景気がいいわけないですから」

電話がかかったふりをして臨海工場の塀際にいくと、仕事に追われているらしい早川が携帯を切ったところだった。

「ミツシマくんも忙しそやな」早川は、煙草を一本くわえて話しかけてきた。

「飲んでるか。わしは、こう見えて飲まれへんのやけど、ミツシマくんは今日ぐらい飲みや。毎日、頑張っとるんや」

早川が声をかけると、従業員の奥さんがビールを持ってやってきた。

山井はすっかり酔った坂根と鳴門鉄工所の社長と三人で話し込んでいる。文紅は奥さん連中の輪のなかにいて笑っている。

オレは紙コップのビールを渇いた喉(のど)に流し込んだ。

早川プレスの若い従業員がバーベキューの炭火を消して散会になった後も、社長連中と鉄工所の古参の従業員が居残った。二次会のような酒盛りになったが、オレは早々に引き揚げた。

軽い酔いのなかで少し眠って気がつくと夜中の一時だった。

山井が見ている携帯の光が、薄いカーテンを照らしている。

「さむちゃん、起きとるか」

「ええ」とだけ答えた。

「坂根さんの保証の話やけどな」

まだ、言うのか。声を出しかけてやめた。

山井も黙った。

一階の路地でガタガタと音がしていた。

寝床から出てカーテンを開けると、引きつった顔の山井がオレを見上げた。

「さむちゃん……」山井の声は裏返っている。

「逃げられるわけがないさ。神様は見てるさ」

聞き覚えのある沖縄訛りが今度は、はっきりと聞こえた。


「何かあった？」文紅がオレと山井の部屋の外から声をかける。

「金融屋が来た。文紅、着替えろ。山井さんも！」

抑えた声で言ってTシャツのままズボンを替えてスニーカーを履き、貴重品を入れたサコッシュを肩にかけた。寝床を出ると、文紅が出てきたところだった。

ふたりで階段の上から様子をうかがう。

「裏の勝手口ね」

「画材はぜんぶ一階やで」

以前、ピッキング道具を入れていた青いポーチを巻いて出てきた山井は泣き声になっている。

「どうせ下まで降りないと逃げられないです」

「佐村さん」

文紅が握り込んだ手をオレに差し出した。手のひらを上に向けて受け取るとフラッシュメモリだった。

「全部で四つある。３Ｄデータのバックアップよ。なくさないでね。下のパソコンは全部壊すから。画材をふたりで車に積み込んで。わたしがシャッターを上げる。すぐにエンジンはかけないでね。気づかれちゃうから。それと、後ろの右のスライドドアを開けておいて」

オレはメモリをサコッシュの内ポケットに仕舞い込んで文紅に続いた。一歩、下りるごとに、勝手口のガタガタという音は大きくなっていく。

小声の話し声が聞こえてきた。一人や二人ではない。十人近い人間が外にいる。

ガタガタと音を立てる裏口に近づいて壁際の画材を手に取る。オレがオーク材と麻布を抱え、山井が残りの画材を持った。

文紅はパソコン類の電源を入れてペットボトルの水をかけ、ショートさせて壊している。

山井の顔を見て「乗りましょう」と言ったとき、寝床の下に放り込んだ膠を思い出した。

「先に車に乗っててください」

階段の下から軽バンに向けて電子キーの解錠ボタンを押した。その瞬間、ロックが上がる電子音が思いも寄らないほど大きく貸工場に響いて、勝手口の向こうが静かになった。

一呼吸置いて、怒声が上がる。

「早川、全部割ってまえ！　早川、はよせえ！」

泣きそうな声で「はい」と答えたのは、たしかに隣の早川の声である。

女の声が言う。

「あんた、男やろ。早ぅ、割りぃ」

早川の奥さんだった。

「マジか」山井が言ったとき、ガシャンとガラスが割れる音がした。

オレは軽バンに走るしかなかった。

運転席に乗り込んだ瞬間、後ろでまた大きな音がして、勝手口にいくつものライトが揺れた。

文紅が床に次々とパソコン類を投げつけている。

「文紅、もういい！」言ったとき、後部シートで山井が声を上げた。

「あかん。釘があらへん。乾かしとった釘」

止める間もなく山井は車を出た。また、ガラスが割れる音がする。

エンジンをかける。

山井が走って来る。

文紅がどこにいるのかは、わからない。

「おったぞ！」

勝手口のドアがバタンと開いてライトを持った影がなだれ込んで来たのと、山井が軽バンに駆け込んだのは同時だった。

そのとき、パラパラと乾いた音が地面でして、また山井が喚いた。

「あかん。釘ぃ」

「山井さん、乗れ！」

身体を捻って、山井の首元を摑んだが山井はもたついた。オレは後ろに身体を乗り出して痛む右手で山井の腰を摑んで引っ張り上げた。

右のスライドドアは閉めたまま、ギアをリアに入れて思いっきりバックする。追って来た人影は左右に散った。ブレーキを踏んで、セカンドに入れ直したとき、運転席のサイドウインドウのすぐ外でライトがオレを照らした。

真横に金融屋の顔があった。

「神様を舐めたらダメさ」

金融屋は名刺を窓に押し付けている。画材集めのために配りまくった佐村の名刺である。

アクセルを踏んで金融屋を振り切った。

もう一度、ブレーキを踏んで、追って来た金融屋めがけてバックする。またセカンドに入れたとき、ようやく正面のシャッターがキリキリと上がりはじめた。

前進とバックを無茶苦茶に繰り返している間に、シャッターの先に臨海工場の塀が見えはじめた。

ギアを入れ直して開いたシャッターを見据える。アクセルを踏み込んだ。

文紅はどこにいる？

右へ出ればいいのか、左へ出ればいいのか。

刹那、馬鹿じゃない、と頭のなかで文紅の声が聞こえて右へハンドルを切った。右のスライドドアを開けてほしいと言ったのだから、右手の物陰に隠れたにきまっている。

「山井さん！　ドア！」叫びながらブレーキを踏んで、スライドドアのスイッチをオフにする。

山井がドアを開けた瞬間、早川プレスの陰から文紅が飛び出してきた。

「いって！」

文紅の声を背中で聞いてアクセルを思い切り踏んだ。

坂根金属加工の前をとおりすぎ、空き地に止めたレンタカーの脇を抜けて中小企業の工場の角を曲がる。もう一度、角を曲がれば川沿いの一本道に出る。

「嘘っ」文紅が声を上げた。

前方の道にヘッドライトが見えて、トラックが正面の道を塞ぐ。ボディに早川プレスの文字があった。

急ブレーキを踏んでギアをバックに入れる。

「佐村さん、後ろもダメ！」

ヘッドライトがこちらに向かって猛スピードで迫ってくる。

オレはヘッドライトに向かって全速力でバックした。

建売住宅の前をとおりすぎ、古いアパートを越えたところでブレーキを踏み込んでギアをドライブに入れた。後ろから来た車のヘッドライトが車内一杯に広がる。

「ぶつかる！」文紅の声を聞きながら、ハンドルを切ってアクセルを踏み、狭い道路に滑り込んだ。

路上の植木鉢を吹き飛ばしながら車一台がどうにかとおれる道を抜け、少し広い道路を横切ってまた狭い道路へ突っ込んだ。

前を塞がれてしまったら、もうお終いである。

正面に堤防が見えた。狭い道から飛び出しながらハンドルを切り、ようやく川沿いの一本道に出た。

「さむちゃん」山井が泣きそうな声を出す。

バックミラーに、後ろからついて来る二台のヘッドライトがあった。

オレは川沿いの一本道を真っすぐに走った。

左岸線トンネルに軽バンを突っ込むと料金所が見えてきた。

スピードメーターは見なかった。

日本のＥＴＣゲートは時速百二十キロでも反応すると聞いたことがある。

思わず頭を低くして料金所を通過する。黒いアルファードと早川プレスのトラックが追ってくる。

アクセルを思いっきり踏んだ。

軽バンのエンジンが悲鳴のような唸り声を出す。

「佐村さん。右！」

見ると、黒いアルファードの車体がせり出してくる。

アルファードは軽バンと並走した。

オレは緩やかに曲がっていくトンネルの奥を見て、一般道へ出る左車線を走った。

思った通りアルファードが後ろにつける。

走っている車線の天井に「出口」の表示、右側の車線の天井に「神戸」の表示が現れた瞬間、目の前に一般道への上り坂が見えた。

続いてオレの車線と右車線を区切る赤白のポールが視線の端に入る。

一呼吸だけ走って右にハンドルを切り、ポールを踏んだ。

軽バンが傾いて、片輪が浮く。

反対側の側壁が迫った。

ブレーキにいきかけた右足を、歯を食いしばって我慢する。

側壁はすぐ目の前に迫って、サイドミラーが吹っ飛んだ。そのまま、三秒ほど走った軽バンが、どうにかバランスを戻したとき、後ろでタイヤがきしむ音がした。

急ブレーキを踏んだアルファードがバックミラーのなかでスピンしていた。

視線をフロントガラスに戻した瞬間、今度はバンと大きな音がした。

もう一度見ると、早川プレスのトラックが横倒しに路面を滑っていた。

アクセルを踏んだ。

軽バンは長い坂をぐんぐんと上った。

神戸線を尼崎で下り、国道を京都へ向け走った。

「どうして京都?」文紅が訊く。

「高速で西へ逃げたから、裏をかいて下の道を東へいく」

答えながら、どうにかして貸工場に戻れないかと考えた。淡路島から持ち帰って寝床の下に置いた膠が頭から離れない。

「早川のヤツ、なんでなんや」山井が言った。

オレの名刺から足がついて、同じ金融屋から借りていた早川が協力させられたとわかっているが黙っていた。

夜更けの国道についてくる車はいなかったが、途中でルートを変えた。

「あかん！」

山井が叫んだ。

「なんぼ数えても、あと一本足らん。小っさい釘があと一本足らん」

脇道を探して車を止め、車内灯の光の下で釘を探した。

すぐにまた山井は叫んだ。

「あった！　わしのズボンの横のポケットにあった。五本もあるわ」

はしゃぎながら山井は「アッ」と声を上げた。

視線の先を見ると、たった今走ってきた道路を、ボディがへこんで窓ガラスが割れた黒いアルファードが京都から大阪方面に向かって猛スピードで走っていった。

「もう少しで、すれ違ってしまうところだったわね。京都も大阪も無理ね」

「ああ」と答えたが、それ以上言葉は出てこなかった。

「文紅、考え直せ」

止めた軽バンの荷室に腰をかけて山井は言った。

「しかたないじゃない。膠は日本で探した方がいいにきまってる。でも迷っていたら金融屋さんが来るわよ。絵をつくる時間もなくなってしまう。次は三人で中国よ。深圳なら投資家がうじゃうじゃいる。3Dプリンターのお金はすぐに何とかなるわよ。膠も手に入る」

「文紅！」山井が声を上げる。

オレは山井を睨みつけた。

結局この男が元凶なのだ。

「三人いれば何とかなるわよ。完璧なピカソをつくるの！」

まだ何か言おうとする山井を文紅はさえぎった。

「山井さんこそ考えなおして」

黙り込んだ山井を無視して文紅は言った。

「佐村さん、急ぎましょ。こんなところでぼやぼやしていられない。あの車、いつまた戻って来るかわからないわよ。東京で渡航の準備をする」

インターチェンジ近くの中古車センターで、吹っ飛んだサイドミラーに驚かれながら軽バンをわずかの金に換え、京都駅から新幹線に乗った。上野に移動して地下の喫茶店にもぐりこんだ。

夕方になっても、山井は放心して動かない。オレは文紅とパソコンとタブレットを買いに出かけた。

家電量販店から喫茶店に戻る途中で文紅に訊いた。

「どうしてオレを助ける？」

文紅は答えなかった。

「じゃ、どうして山井さんとピカソをつくることになった？」

少し歩いた後で文紅は言った。

「自分の頭で考えて。わたしにも、言えることと言えないことがあるの」

＊

迷路のようなラブホ街を歩いた。

山井はいよいよ黙り込んでいる。

買ったばかりのタブレットで文紅は佐智子と事務長のニュースを見つけた。

日本人男性殺害。日本人の女を逮捕。マニラ――。

容疑者は川村佐智子（52歳）。被害者は元団体職員、山田雄一（59歳）。ふたりは勤務していた団体から横領容疑で告発されていた。川村容疑者は逮捕された際、激しく抵抗した――。

ぼさぼさ髪の佐智子の写真を見て「あほやなぁ。こんなことなってしもうて」とつぶやいた山井は「わたしたちにとってはラッキーよ。フィリピンの殺人罪は最高刑が死刑ね。懲役刑は最高二十年。いつまでいるのか知らないけど、これで、このふたりからピカソの絵を教団から持ち出したことがバレる心配はなくなったわね」と文紅に言われて口をつぐんだ。

山井はそれきりほとんど何もしゃべっていない。

「ここやったら女のコひとりでも、男ふたりでも、うるさいこと言われんとしばらく居れそうやな」

消え入るような声で山井が見上げたのは古いホテルだった。

シャワーを浴びて出てくると、先に浴びた山井は広いベッドの端でいびきをかいていた。読みかけて眠ってしまったらしく、枕元の青いポーチから引っ張り出した何枚もの書類のコピーが、ベッドの下にまで落ちていた。

手に取ると、中国語の契約書類のコピーだった。

どの書類にも楊皓と楊文紅のサインが並んでいる。

借款書、借条。題字は何種類かあるが調べてみるとどれも借用書である。

日付はすべてここ一年ほどで、金を借りた債務者は楊皓、文紅はすべての借金の保証人だった。

携帯の電卓で人民元で記載された借金の元本を合計した。

「嘘だろ」

声が出た。

ベッドの上で山井が動いた。

「何しとるんじゃ！」

答えなかった。オレは山井を睨み返した。

「これ、全部、文紅の借金ってことですか」

一瞬考えた山井は怒鳴るように言った。

「文紅、知らん間に親の借金の保証人にされとったんじゃ。文紅は書いた覚えはないけど筆跡が一致するんや。本物のサインを読み取ってアームロボットに書かせたんや。家族もいろいろ手を尽くしたけど、保証人から外すことができんのや。文紅、一生、この借金を背負うんや。嘘やと思うならどっかへ持っていって翻訳でも何でもしてもろうたらええ」

「一生？」

「中国に個人の破産制度はあらへん」

「いくらあれば返せるんですか」

「元本だけやと七千五百万元や。利息がついてこの秋で九千万元が必要や。日本円で十八億円じゃ」

もう一度、コピーの束を見る。

首筋が熱くなった。

徐在との契約額は三十八億四千万円。

山井と文紅のふたりなら、ひとり十九億二千万円が入る。それで文紅は一生の借金苦から解放される。それなのに文紅は、オレを助けている。

「文紅の軍資金、全部わしの借金や。二千万円もの金、あのコにはあらへん。わし、自分の借金だけ返したら、残りはやるて約束してあのコをこの仕事に誘うたんや。わし、文紅を助けたいんや」

拳を握り締めた。

どうせ山井は、楊皓がつくったろくでもない借金に巻き込まれた文紅を引っ張りまわして利用しているだけである。分け前を文紅に渡すかどうかもわからない。

「わし、絵画修復のアルバイトであのコと会うたとき、自分の娘みたいに思うたんや。ヘンな気持ちと違うで。ほんまに思うたんや」

「もういいですよ」

やめておけと思ったが、口が勝手に動いた。

「娘みたいに思うコを、あんな工場に住まわせて今度はラブホですか。いくらなんでも、それはないでしょ」

「何を勘違いしとるんか知らんけど、わし、さむちゃんも助けたいし、文紅を助けたいと思うとるんやで」

助けたい？　まだ言うのか。思った途端、また言葉が口をついて出た。

「嘘は聞き飽きました。絵画修復のアルバイトで会ったんじゃないでしょ。子どもの頃から文紅を知ってるでしょ」止まらなかった。

「文紅の父親の楊皓は山井さんの師匠でしょ」

アッという顔で一瞬黙った山井は、がなり立てた。

「文紅も文紅のお父さんの楊先生も奥さんも、わしの命の恩人なんや。せやから助けるんや。わし、芸大出てすぐに売れて、東京で家も建てた。せやけど、画廊がバンバン潰れる時代がきて仕事がなくなった。息子が死んで、離婚してボロボロになって東大阪に帰ったんや。貯金が尽きたら死のうと思うた。そのとき、近くの喫茶店で楊先生に出会うたんや。

楊先生、頑張れて励ましてくれはった。わしに下仕事のアルバイトで給料くれて、ぜんぶ教えてくれはった。昼は奥さんの料理をご馳走になった。そのとき、日本語が片言の楊先生と奥さんに代わって通訳してくれたのが文紅なんや。文紅、わしのこと、油絵のおじさんいうて慕うてくれたんや。楊先生、画廊を紹介してくれて、個展まで面倒みてくれはった。それでわし、ちょっと復活できたんや。

楊先生、生まれつき右目が見えん。義眼なんや。それが左目の視力も落ちて中国へ帰りはった。ほんで、悪いヤツに話と違う書類に次々とサインさせられて、えらいことになった。今は生まれ故郷の南寧（ナンニン）いうとこにいてはる。楊先生は仏みたいな人なんや。わしは今、文紅にその恩返しをしとるんや」

「じゃ、その仏みたいな楊皓と山井さんにかかわったオレの父親は、なぜ死んだんですか。父も楊皓を知ってるでしょ」

山井が、またアッという顔でオレを見る。

「わしは知らん。佐村には佐村の事情があったんやろ」

肝心の話は誤魔化す。結局、本当のようにつくりあげた嘘である。

しばらくして山井は言った。

「今の話、文紅には黙っといてくれるか。他言せん約束なんや」

姑息(こそく)な男である。オレが文紅に訊けば嘘がバレると知っている。

「黙ってますよ」握っていた借用書のコピーを山井の前に投げ捨てた。

ひとりで真昼の上野へいって本屋に入った。

何としても山井より先に膠を見つけて取り引きをし、口座をオレのものにしたかった。

深圳の地理を頭に叩き込むために携帯で地図を見たが、香港と違って線路の位置さえ正確にはわからない。国外の携帯から中国本土の地図がまともに見られないように国家が制限をかけていた。中国では地図は軍事機密の一種であるらしい。

本屋で深圳と香港がひとまとめになったガイドブックを二冊買って、上野公園の縁石に座り込んだ。

オレは、山井に見られずに徹底的に読み込めるように、深圳のページをすべて携帯で写真に撮った。

四章　油画街（ヤオワーガイ）

あみだくじみたいに突き当たっては曲がる街路の間に古い民家とマンションが混在する住宅地の、小高い場所に建つ一軒家にいた。

一階は倉庫とシャワー室で二階はリビングに面した部屋がふたつ。内鍵がかかる部屋は文紅（ウェホン）が使い、オレと山井はまた相部屋である。

深圳（しんせん）の中心部、福田（フーティエン）から東へ十キロあまり、地鉄（ディーティエ）が地上に出て高架線路を走る大芬（ダーフェン）駅まで歩いて十分ほどの場所だった。

相変わらず薄く曇った空から陽射しが射す住宅地の風景をリビングの窓から眺めながら、山井が言う。

「なんやしらん、気が滅入るな」

「そのうち、気分も変わりますよ」適当な慰めを言いながら、心のなかで、できればずっとここにこもっていてくれと思う。

山井に動きまわられては、ひとりで膠（にかわ）が探せない。

深圳国際空港の入国検査場で文紅が先にゲートを出た後で、オレは英語の小声で「後ろの男は詳しく調べた方がいい」と検査官にささやいた。

おかげで山井は、二時間も別室尋問を受けた。

いくら調べても入国を拒否する理由はない。最後はオレと文紅が呼ばれて手荷物に持った画材やスケッチブックを見せ、人物画を描くために深圳に来たと申し合わせた話をして許可は下りた。

だが、三ヶ月も深圳に滞在していったいどこを観光するのかと執拗に訊かれてしどろもどろになった山井は、ロビーに出たとき虚(うつ)ろな顔になっていた。

いったん福田のホテルにチェックインしたとき、オレは中国の恐さを吹き込んだ。

「日本のビジネスマンが突然、姿を消して何ヶ月も経ってから拘束(こうそく)されていたとわかるような国なんです。警官を写真に撮った、人民解放軍の施設に知らずに近づいた、無許可で宗教活動をしていると勘違いされた……。理由はささいなことなんですよ。でも、拘束されればいつ解放されるかわかりません。オレと山井さんにとっては外国です」

「深圳って電子決済の都市だから携帯を買わなきゃ何もできない」と文紅が言って華強北(ファチャンベイ)の電気街に出かけたときも山井はホテルに残った。嘘みたいに安い値段で売られていた中国仕様の携帯を三つ買って帰って、文紅は山井に嬉しそうに見せた。

「新しいモデルが発表されたときには、もうこの値段で売られているの。シャンジャイって聞いたことない？　山寨(シャンジャイ)は山賊の砦(とりで)の意味。山賊みたいに何もかもを一気に奪い取ってつくる模倣品(もほうひん)の聖地なの」

山井は「ああ」と言っただけだった。

残りの軍資金は、東京でつくった中国の銀行口座に三等分して入れ、必要に応じて調整すると決めていた。文紅は決済アプリの使い方を事細かに説明したが、山井はぼんやりと聞いていた。

福田にある3Dプリンターメーカーのショールームへも山井は来なかった。

「付属設備とシステム一式をふくめて百四十万元、日本円で二千八百万円。日本のメーカーの七割よ。納期もすごく早い。中古市場に出回っていないから新品を買うしかない。リース契約は無理ね。キャッシュでしか売ってくれない。いろいろ含めて百五十万元の資金が必要ね。でも、お金はすぐに何とかなるわよ」

ホテルで文紅が説明をしたとき、山井はうなずきもしなかった。

文紅はさっそく投資家に会いにいったが、話はまとまらなかった。

「すぐには見つからないわよ。でも深圳は山寨の聖地よ。電子製品だけじゃなくってアパレル、飲食、観光。お金を集めるネタはいっぱいある。成り上がりたい人間とそこに投資して早く富裕層になりたい人間が蠢(うごめ)いている」

文紅の話は楽観的すぎるように聞こえたが、山井は「頼むわ」とだけ言って自分の部屋に引き上げた。

ホテルから一軒家に移動するとき、オレはまた吹き込んだ。

「入国のときに申請した場所とは違うところへ移動しますから、明日から行動には十分注意してください。連行されたら絵がつくれなくなります。観光ビザの日本人が空き家の一軒家を借りて三ヶ月も滞在すると申請しても許可が下りませんから無断で移動します。ふつうで考えればスパイです。文紅は言葉が通じるからいいですけど、オレや山井さんは中国語で職務質問されたらしどろもどろです。警察署へ連れていかれたらアウトです。物を売ってはいけない場所で売っていると勘違いされただけで警官が来ます。間違って赤信号を渡ってしまっても命取りです」

窓の外を眺めている山井に文紅が言った。

「今日一日くらい頑張って外に出て」

「ああ」と山井がか弱い返事をする。

「買い物用のスクーターを中古で買ったときもついて来ないし、外に出なきゃ不健康よ。オーク材の釘穴を埋める作業が大事だって言うのはわかるけど、油画街（ヤオワーガイ）くらいは見にいって。膠がなければつくれないじゃない。大芬駅の手前よ。すぐそこよ」

住宅地の街路を下って一本道をいくと布沙路（ブゥシャルゥ）の大通りがある。

渡れば油画街の東の端に出る。

やっと重い腰を上げた山井と一緒に文紅の後ろをついていくと、絵画店が立ち並ぶ光景が目の前に広がった。

「中国政府が観光地化を進めてるから表向きはこんな感じだけど」

言いながら文紅が角を曲がると細い路地だった。

路地をとおり抜けると、店の裏手の雨除けのテントがあった。ビーチサンダルに上半身裸の痩せた若い中国人がふたり並んで壁にかけた画用紙に油絵具を塗りたくっている。

「マジか」山井はやっと声を出した。

画用紙の油絵はゴッホの自画像だった。

「無茶苦茶でしょ。ここで描いた複製画を表の店で売ってるの」

文紅が次の角を曲がると横手の店の前にゴッホの自画像と、ずいぶんと小さなピカソのゲルニカがあり、少し奥に麻布のキャンバスに描いたモネの睡蓮がある。

「裏筋へいくわね」

文紅が、さらに細い路地を抜けると異世界が現れた。

ビルはどれも屋上に小屋が立てられて頭でっかちな、いびつな形をしていた。

見上げたビルの二階と三階の窓の向こうに若者たちが動いている。男たちはみな上半身裸で痩せていて、そこにTシャツ姿の髪を後ろに束ねた若い女のコが混じっていた。

「この一帯に千軒以上の油絵工房があって八千人の画工が働いている。近くには大きな画商ビルもあって、そっちはオリジナルの新しい絵を売ってるんだけど大芬と言えばここね。日本のホテルにも印象派の油絵がかかってるじゃない。あれが、ほぼ、ここで描かれていた時代がある。あの子たちが描いているのは、ほとんどが画用紙に油絵を乗せた複製画ね。でも、屋上の小屋は違う」

「何があるんだ」オレは訊いた。

「八千人の画工のなかにはとんでもない才能の持ち主がいる。そういう選りすぐりの天才があの小屋で複製画じゃない本物の贋作を描いているって言われてる。

十年くらい前にニューヨークの有名画廊が贋作を売っていたって言われて裁判になったでしょ。和解して閉店してしまったから真相は闇のなか。でも、描いていたのは油画街出身の画家だと言われている。光学鑑定の時代だからそのうちに廃れていくでしょうけど、まだ名残があるの」

「これ、ロスコやないか！」

山井が急に声を上げた。

隣の店先に四角形をモチーフにした綺麗な抽象画が立てかけられている。

「複製画？　そんなレベルやないで。この滑らかな絵肌、マーク・ロスコや」

「プロ向けの贋作よ。アートフェアで香港とか上海に来た関係者は、ここにもやってくる」

「そら来るやろな。これ、ロスコや。しかしロスコの隣が毛沢東の肖像画て、どういうセンスや」

細い路地の奥に茶房があった。

アイスコーヒーを飲むオレと山井の前で、文紅は中国茶を飲みながら話を切り出した。

「それで、膠なんだけど、探さなきゃいけないのは一九六七年以降、ピカソがあの絵を制作した一九七一年までのウサギ由来の膠。中国で五十年前以上の膠ってそう簡単には見つからない。

文化大革命の終結宣言が出されたのが一九七七年。それまでの十年間で芸術は衰退したの。画家なんて労働者からすれば何も生み出さない無能者ってわけ。自由に絵を描けるような時代ではなかったのよ」

「ここで見つかるのか」

「北京や上海にいってもダメよ。北京市で二千百万人、上海は東京の倍の二千六百万人の人間がいるの。雲を掴むような話よ。でも大芬の油画街はすべてが油絵の街よ。この油画街って三十数年前にできたのよ。中国が改革開放路線で自由主義経済に舵(かじ)を切った時代。最初は一軒の工房で二十人ほどの画工がはじまり。それが今、絵画店は千軒、画工は八千人。つまり、文化大革命の時代に息をひそめてたプロアマの油絵画家たちが、ここなら絵で商売ができるってわかって一斉に雪崩れ込んで来たの。その子どもや孫が、今も絵画店をやってるの。古い店を当たっていけば、膠は必ずあるわよ」

　話を聞いているのか、いないのか、山井はロスコの興奮から冷めて窓から見える中庭のような場所を眺めている。

　明日から深圳の中心部へ通って投資家を探すという文紅は、膠探しの通訳の話をした。

「日本語はすごく上手よ。広東語はネイティブね。レンタカーの運転もOKよ。お給料は一ヶ月分先払いでわたしから払ってある。交通費とか食事代はその都度払ってあげて。複製画アートにアパレルブランドを融合させたビジネスの準備で深圳に来たって言ってある。肖大竜(シャオダーノン)。わたしよりずっと若いけど真面目な好青年よ。膠が見つかったら、必要な機器を中古商社で探す手伝いもしてくれる」

山井はまだ窓の外を見ている。オレは文紅から教えてもらった肖の連絡先に茶房から電話を入れた。

＊

油画街の細い路地を肖と歩いた。

画用紙に油絵具で描いている画工に肖が声をかける。

忙しい広東語の後で肖が言う。

「このビルの表にかなり古くからやっている店があるみたいです」

路地を戻って店に入ると、中年の店主が顔を上げた。

肖が店主と長い話をする間、オレは店のなかを眺めてキャンバスを使った複製画を手に取った。裏返してみると、目止め処理がされた市販のキャンバスだった。

「職長の画工に訊いてみないとわからないらしいですが、店を開いた両親が膠を残していた記憶はないらしいです」

教えてもらった工房で職長の話を聞いた肖は首を横に振った。

「二十年前にここに来たときから、膠は使っていないらしいです」

油画街の裏筋にある露店のイスに座り込んだ。汁のない麵料理を食べながら肖が訊く。

「もうひとりの、文紅さんがお父さんみたいだって言ってた人は、今日も来ないんですか？」

「部屋にこもっている。ホームシックだな」

山井は今日も、オーク材の釘穴を埋める作業を続けている。

「この三日で何軒くらいの店に入ったかな」オレは苛々としながら訊いた。

「七十軒ぐらいです」

「膠が何かってことは、皆、わかってるんだよな」

「若い画工さんは膠(ジャオ)って言えば、だいたい通じます。字を見せれば半分くらいの画工さんは、うなずきますね」

「半分は知らないってことだよな」

「ええ」肖はうなずいた。

古董(グードン)の看板がかかった店に入ってみた。骨董店である。

「画材のことは画材店で訊けと言われました」と肖は苦笑した。古い物を探すなら古董へいけと、画材店で言われたばかりだった。

夕方、裏筋を歩いていると肖が立ち止まった。

「店の主人が、探し物は見つかったかと言ってます」

見ると山井がマーク・ロスコで騒いだ店だった。

照明の下で肖が店主と話す間、店を眺めた。看板には呉(ご)絵画店とある。

「前に一度訪ねてきたときは黙っていたが、日本人が一緒だと警戒されるので、ぼくひとりで店に入るのがいいと言っています。名刺があれば、なお信用されるみたいです」

教えてもらったプリント工房へ油画街の裏筋を急いだ。オレは肖に適当な住所と社名で修復工房の名刺を五百枚つくらせた。

肖が名刺を持って飛び込んだ店で、白髭（しらひげ）を伸ばした痩せた職長に会った。

二代目の女性店主が、絵のことは古い職長に任せているから訊いてみるといいと言って工房に案内してくれた。ロープに吊るした画用紙のゴッホが吊り旗の森のようになった工房で、職長は油絵具を塗る手を止めて顔を上げた。

「ニカワとは何なのか、と訊いています。知らないみたいです」肖が言った。

「膠だよ」

「そう訊いたんですが、知らないと言っています」

「年齢は何歳なのか訊いてくれ。ついでに何年、やっているのかも」

「六十七歳か八歳だと言っています。店の開店当時の三十年前から工房で働いているらしいです」

肖の後ろで職長が広東語で何か言う。

「ここだけの話にしておいてほしいと言ってますが、十年前まで、この職長さんが麻布のキャンバスに描いた油絵の抽象画がロンドンの画廊で本物として売られていたらしいです。デ・クーニングっていう画家がいるんですか？　その、デ・クーニングの抽象画らしいです。おかげで、絵画店の店主もこの職長さんも家を建てたらしいです。もう時効だと言っていますが」

「この市販のキャンバスでか？」工房の脇に置かれたキャンバスを指さす。

「そうだと言っています。コーヒーでキャンバスを色褪せさせて、それらしい時代に見せる技術があるらしいです」

三十年前の贋作師の手口である。

謝礼を払っておいた方がいいと肖に言われて職長と店主に百元紙幣を一枚ずつ渡した。最高額の人民元紙幣だが日本円で二千円ほどである。

ふたりは不満そうだが、これ以上払う気がしない。

オレは、まだ話している肖を置いて工房を出た。

今夜も眠れないのかと思う。

落ち着いて相談したいが、文紅は毎晩夜中にタクシーで帰ってきて、一階の奥にある水しか出ないシャワーを長い時間浴びている。

朝のリビングで文紅に訊いた。

「油画街で膠を探していて大丈夫かな」

「ほかにどこを探すって言うのよ」

食事を済ませると、文紅は身支度を整えてさっさと出ていった。

二日続けて夕立ちに降られた後、オレは油画街の東隣に建つ画商ビルへいった。

現代画家のオリジナル作品を扱う店が集まる新しいビルである。

油絵の現代画廊なら少なくとも膠は知っている。何か手がかりが得られるかもしれない。

最初に飛び込んだ店で、肖が困ったという顔でオレを見た。

「油画街で、五十年前の膠なんて、絶対に見つからないと言っています」

「間違いなくそう言ってるのか」

「ええ」とうなずく肖の顔を黙って見つめた。

三つ揃えのスーツを着た店主がオレを見ている。広東語のやりとりの後で肖が言った。

「佐村さんが言うように、三十数年前、油画街ができて、絵で商売をしようという人間がたくさんやってきたが、本物の画家はおそらくひとりもいない。よくて美術教師、大半は急に絵を描きはじめたアマチュア画家である。古い膠など持っているはずがない。そもそも中国全土を探しても、よほど上手く探すか、よほどの幸運にいき当たらなければ五十年前の画材を見つけるのは難しいと言っています」

「どうすれば見つかるか訊いてくれ」

「もし今、五十年前の膠を持っているとすれば水墨画家だと言っています」

「水墨画に膠を使うのか？」

「水墨画で空などを淡い墨で描くとき、水だけで溶いた墨で描くと筆の痕が残るので、多くの画家は膠の水溶液を混ぜた墨で描くそうです。そうすれば、膠が水分をはじいて筆の痕が残らないらしいです」

「中国の水墨画家は、ウサギの膠も使うのか？」

「使うと言っています。ウサギの膠はヨーロッパの油絵画家が好んで使うらしいですが、中国でも製造されてきたらしいです。値段が高いですけど、一級の水墨画家なら五十年前から使っていてもおかしくはないと言っています」

「一級の水墨画家？」

「簡単に言えば、文化大革命の時代を生き抜いた代々の画家一家です」

すぐに、言葉が出ない。

文紅の父楊皓（ヤンハオ）も祖父も水墨画家である。

「肖くん、ここから南寧（ナンニン）は近いのか？」ようやく絞り出した声はかれていた。

「飛行機でいけば日帰りの場所です。片道二時間もかからないと思います」

一軒家に引き返して山井に訊いた。

「水墨画に膠を使うんですか」

「ふつうに使うわな。日本画でも使う」

「楊皓は南寧のどこにいるんです？」

「楊先生は莫大な借金を抱えてはるんや。南寧のどこにおるかなんて訊けるわけないやろ」

山井は怒りだした。

オレは山井を詰めた。

「膠はもうあるんでしょ」

「アホか！　あるわけないやろ。なんでそんなこと訊くんじゃ」

黙っていると山井はいきり立った。

「そんなことより、エックス線透過撮影の機械を用意してくれ。オーク材に釘穴の空洞が残ってないかを検査して、そろそろ木枠を組んで麻布を張る。とっととキャンバスをつくって、わしも一緒に膠を探す」

肖を呼び戻してレンタカーで竜崗の中古商社へ走った。

オレはテラヘルツイメージングシステムを買って帰って「エックス線透過撮影の機械はなかったんです」と嘘を言った。日本で一千八百万円で買ったのと同じ性能のテラヘルツは、中古とは言えシステムをインストール済みのノートパソコン込みで、たった六万元、日本円で百二十万円の値段だった。

「これじゃ、キャンバスは組めん。釘穴の検査はエックス線でないと恐いやないか」

肩を落としてうなだれた山井は「膠はやっぱり、さむちゃんが探してくれ」と言って釘穴を埋める作業の続きをはじめた。

翌朝、文紅に「オーク材が検査できるサイズのエックス線透過撮影機なんて、どこでも買えるわよ」と言われるかと思ったが、文紅は見向きもせずに朝から身支度をはじめて夏物の薄いカーディガンを羽織った。

華強北の激安市場で買ったというが、文紅が着るとやけにエレガントに見える。

「毎晩、どこに出かけているんだ」思わず訊いた。

「投資家探しにきまってるじゃない。お酒を飲まないといけないこともあるでしょ」

「投資家って誰なんだ」

何も答えずに文紅は出かけていった。

油画街の茶房で朝からアイスコーヒーを飲んだ。

「文紅とはどうやって知り合ったんだ」オレは肖に訊いた。

「紹介です」

「誰の？」

「言えません」

「まさか、文紅に口止めされているのか」

肖は黙っている。

認めているのも同じである。

「どうしても教えてもらえないのかな」

「文紅さんとの約束ですから」

オレはまた肖にレンタカーを運転させて竜崗(ロンガン)の中古商社に走った。

山寨携帯(シャンジャイショウジ)に代表される深圳の小規模電子機器産業はメイカーと呼ばれる。ワンフロアごとに違うメイカーの製造工場が入るビル群が竜崗の国道沿いに広がっている。機械類を提供する中古商社は、工場ビルの合間に点在していた。

空気対流式の乾燥機を買った。いずれ必要になる機械である。

配送を断って、大事な機械だから丁寧に運びたいと肖に日雇いアルバイトと運搬用のレンタカーの用意を頼んだ。

朝の八時半に、地鉄（ディーティエ）の竜華（ロンファー）駅へいくと、大型バンの後部シートに四人の男を乗せて肖は待っていた。近くにある三和の人材市場と呼ばれる場所で集めたという。

「メイカーで働くワーカーも仕事を探しにいきますけど、早い時間だと日雇い仕事を探しに来る労働者で溢れかえってます。佐村さんが来れば日本人の仕事だってことで話が早いんですけど、残念ながら中国人しか入れません。でも四人集まりました」少し自慢気に肖は言った。

　竜崗の中古商社で乾燥機を積み込んだ帰り、レストランで昼食を振る舞った。日雇いアルバイトのひとりが「しゃちょうさん」とオレに礼を言って笑わせた。一軒家に乾燥機を運び込んだ後でひとり二百元の日当を肖から手渡させ、肖にはボーナスを渡して夕食に誘った。

　大芬駅の高架を見上げる食堂でオレは話を蒸し返した。

「文紅とは、誰の紹介で知り合ったの？」

「すみません。言わない約束なんです」

「教えてくれないなら警察へいく」

「何も悪いこと、してないですよ」

　笑っている肖にオレは言った。

「観光ビザで中国へ来た人間は仕事をしてはいけない。だから、警察へいけばオレは捕まる。オレに雇われて働いている肖くんも同罪だ」

　驚いた顔で肖が言い返す。

「佐村さんに雇われてるんじゃないです。文紅さんに雇われてるんです。文紅さんは中国人でしょ」

「今日、オレに頼まれて日雇いの人間を集めて乾燥機を取りにいったじゃないか」

肖の携帯に写真を送った。

中古商社でバンに乾燥機を積み込んでいる肖と四人の写真だった。

「どうしてこんなことするんですか。佐村さんのために昨日から車を借りておいて、朝早くから人材市場へいったんです。佐村さんが困っていると思ったから、友だちにいろいろ聞いてアルバイトの人を集めたんです」

肖が注文した緑色の瓶ビールをひと口飲んだ。

人気のビールだというが、奇妙な香料の香りしかしない。

「警察にいけばオレは日本へ強制送還される。オレは、それでもかまわない。でも、オレに雇われて、日雇いのアルバイトを集めて乾燥機を車に積み込ませている写真を警察が見たら、肖君も捕まる」

肖が大芬から二駅向こうの六約（リューユエ）駅で両親と三人暮らしであることを思い出してつけ足した。

「お父さんもお母さんも、悲しむ」

「やめてください」

もう一枚、帰りのレストランで撮った写真を送る。

「卑怯ですよ」

オレはまた写真を送った。肖がサインをした四人の日当の明細書だった。

「どうしてなんですか」

肖はすがるようにオレを見た。

オレは肖を見ながらビールを飲んだ。

「ぼくに訊かずに、文紅さんに訊いてください」

「一緒に仕事をしている仲間でも訊けないこともある。だから肖くんに訊いている。知りたいんだ。文紅には黙っておくから教えてくれ。肖くんのお父さんとお母さんを悲しませたくない。肖くんはこの通訳の仕事が終わったら就職したいんだろ。旅行会社が希望だって言ってたな。観光ビザの日本人のビジネスに手を貸して捕まったら、就職は難しくなるだろうな。オレは肖くんに幸せになってもらいたい」

肖はじっとオレを見ている。

「文紅には黙っているから、誰の紹介なのか教えてくれないかな」

オレはまたビールを飲んだ。

「ミツシマさんという日本人です」肖は言った。

「ミツシマ？」

古い埋立地に建っていた貸工場が目に浮かんだ。

「奥さんは中国人か？」

肖は黙っている。

「まさか、文紅がミツシマさんの奥さんなのか」

「違います」

店員を手招きして、身振りでボールペンと紙を借りた。

「肖くんは、ここにいたことがあるのか？」

〈満島製作所〉。オレが書いた文字を見て肖は驚いた。

「日本の、大阪だな」

肖がうなずく。

「この会社のオーナーがミツシマさんだな」

また、うなずいた。

「満島さんの紹介で文紅と会ったのか？」

「そうです」

「文紅と満島さんは知り合いか？」

「もう、いいですか。話さないって文紅さんと約束したんです」

「ダメだ。ちゃんと答えろ」

「知り合いです」

「満島さんは日本のどこにいる？」

「日本じゃなくて、中国です」

「中国のどこ？」

「深圳です」

「深圳のどこ？」

「福田です。満島さんに通訳の仕事をしないかと呼び出されて、文紅さんに会ったんです」

「満島さんは何の仕事をしている？」

「もう、やめてもらえませんか」

「ダメだ。何の仕事？」

「仕事はしてないです。大金持ちの投資家なんです」

文紅は資金も手に入れているのか。

肖に訊けるはずはない。

ビールは、もう味がしない。

「文紅とは連絡を取り合っているのか」やっと肖に訊いた。

「いえ、文紅さんは忙しいですから、何か用事があれば、こっちから連絡するって言われてます。困ったことがあれば、佐村さんに相談すれば大丈夫だって言ってました」

「最後に連絡をとったのはいつ？」

「佐村さんと膠を探しはじめてからは一度も連絡してません」

「肖くん、悪かったな。少し料理を食べようか」オレはかすれた声で肖をなだめた。

この先、何をどうするにしても、肖がいなければ言葉がスムーズに通じない。車で移動することもできない。香港とマカオ以外の中国本土では国際免許が申請できない。

やっと肖が箸を握ったとき携帯が震えた。文紅からだった。

店の外へ歩きながら電話に出る。文紅が早口でしゃべる。

「徐在(シューツァイ)のコーディネーターからメールが来たの。ピカソの値段の再交渉」

「再交渉？　契約書に金額も入れてサインしただろ」思わず声が大きくなった。

「形式的にはこんなこともあり得るわね。契約書には価格の再交渉を想定した文言も入っている。問題が起これば双方で協議の上、解決ってやつ。トラブルが恐いし破談になれば元も子もないからふつうはこんなこと絶対にしない。足元を見られているのよ。東大阪の教団施設が一週間前に燃えたみたい。後でニュースを送るから見ておいて。あの本殿、完全に焼け落ちた。メールは、絵は無事かって確認と値段の再提示。こっちが弱気になってるって踏んでるの。あのコーディネーターこういうことに目を光らせてるのよ」

「再提示っていくらなんだ」

「千六百万ドル。いったん承諾の返事をする」

「待て！」オレは叫んだ。

「契約額の半値っておかしくないか。交渉するなら今やればいいだろ」

「そんな時間はないわよ。分単位で億のお金が動くのよ。明日まで考えるっていう悠長なことはできない。彼ら、世界を相手にビジネスをしているの。深圳はこれから夜だけど、ロンドンはお昼の十一時、ニューヨークは朝の六時。ビジネスが動き出す時間なの。日本は今、夜の八時。むこうは、わざとこんな時間に送ってきて判断を迫っているつもりなの。きっと、いい話を見つけて資金の運用先を調整したいのよ。さっさと返事をして決着しておかないと、もっと

「千六百万ドルって日本円でいくらなんだ」

「十九億二千万円ね」


「文紅、待て」オレの言葉をさえぎって、文紅はしゃべった。

「それに、ここで粘って何度もやりとりをしてももとの値段には戻せないわよ。事務局は当面、閉鎖するみたい。電話を入れてもつながらない。身分照会の心配はないんだから今はあっさり受け入れて、またどこかでチャンスをうかがうの。きっとそういう場面が来る。とにかく、千六百万ドルで売るって返信するわね。その確認で電話したの」

「文紅、慌てるな。今どこにいるんだ。こんな話に飛びついたらまた値切られる。分け前の話ならオレから山井さんにちゃんとする。だから、裏切るな」

文紅は答えなかった。

電話はとっくに切れていた。

店に戻った。

ビールをひと口飲もうと伸ばした手がすべって、緑色の瓶が床で割れた。

また携帯が震えた。山井からだった。

「さむちゃん、聞いたか？　半値て、どういうことや」

山井は半分泣いていた。

一軒家に辿り着いてパソコンを見ると、文紅からネットのニュースが送られていた。

〈宗教施設全焼。東大阪。不審火。信者の男性を逮捕〉

文紅がアメリカ人の専属コーディネーターとやりとりした英文のメールを見る。電話で文紅が言ったとおり、ピカソの価格は半値で合意し直していた。

「さむちゃん、文紅、電話に出ぇへん」山井が泣きながら叫んだ。

慌てて電話をかけ直す。

「文紅！」

文紅の携帯は電源が落ちていた。

＊

「覚えてるでしょ。ロスコの店ですよ」

油画街の裏筋にある呉絵画店の前で山井に言った。

「ああ、覚えとる」山井がか細い声で答える。

「くどいようですけど、オレも山井さんも文紅に捨てられたんです」

「アホ言え」

「覚悟を決めてください。あの一軒家にいても危ないだけです。文紅は画材を奪いに来ますよ。ですからこの店で絵を描いて画材と一緒に隠れていてください。テストに合格したら、住み込みの画工にしてくれます」

店主の呉が面倒くさそうに立ち上がる。オレは携帯の通訳アプリで呉に紹介した。

「これが、さっき話した日本人の油絵画家の山井青藍です」

呉は怪しいものでも見るように山井を眺めている。

「じゃ、はじめてください」オレがうながすと「ピカソ、描くわ」と山井は言った。

油画街の画材店で買ったスケッチブックと鉛筆を取り出して、山井は細身のアルルカンの全身画を描いた。

「青の時代て呼ばれとる最初期のピカソが描いたアルルカンや」

呉は店の奥を指さした。

裏口を出ると狭い路地の奥に階段があった。踊り場のドアを呉が開ける。途端に油絵具の匂いが流れ出た。

店の二階が、外の路地から出入りできるアトリエになっていた。

複製画とは言え、贋作レベルの絵を売る店である。こんなアトリエをいくつか持っているのだろう。呉は板にクリップで止めた画用紙をイーゼルに乗せ、戸棚から油絵具を引っ張り出した。同じ絵を画用紙の油絵で描けという。山井は固まった平筆をほぐしてチューブ絵具をパレットに出し、また青の時代のアルルカンを描いた。

上機嫌でしゃべりだした呉との話が終わってふたりになったとき、オレは山井の背中をポンと叩いた。

「わし、合格したんか」

「通訳アプリですから込み入った話まではできてませんけど、ぜひうちで絵を描いてほしいと言っていました。一日一枚、画用紙に油絵具であのアルルカンを描けば、ここで寝泊まりして三食は裏筋の食堂で店のツケで食べられます。シャワーは路地の奥に隣の工房と共用のものがあります」

殺風景な部屋を見まわして山井はつぶやいた。

「文紅、ほんまに逃げたんやろか」

「文紅はあきらめましょ。半値の交渉に応じたと思ったら連絡がつかなくなって、昼になっても戻らないんです。逃げたんです」

「事故にでも巻き込まれたんや」

「さっきも言ったじゃないですか。南寧の文紅の母親にも突然、連絡がつかなくなったんでしょ」

「どえらい借金があるんや。楊先生の奥さんかて何かあったんや。そのうち連絡がくる」

「きませんよ。文紅は父親の楊皓から膠を手に入れたんですよ。満島の話もしたでしょ。文紅は深圳で大金持ちの投資家とつながってるんですよ。ひとりでピカソをつくれるんです」

「誰がキャンバス組むんや」

「それもさっき言ったじゃないですか。山井さんがいなくても、熟練の画家なんていっぱいいますよ。ここは中国なんです。３Ｄデータだって、コピーを持ってるに決まってるじゃないですか」

「…………」

「しっかりしてください。文紅は、いざとなれば、いつでもオレと山井さんを捨てられるように準備してたんですよ。急に半値の話になってオレや山井さんと揉める前に、慌てて逃げたんですよ」

「文紅は、こんなことせえへん」山井はがなり立てた。

「するでしょ。十八億円も借金があるんです」

「せやけど、こんなやり方ないやろ。わしらを捨てるんなら、わざわざ電話してくる必要かてあらへん」

「何度言ったらわかるんですか。

慌てて逃げたんです。この画材を奪いにくるにきまってます。雇われた男が五人もくれば、オレも山井さんもひとたまりもないんです。下手をしたら死ぬんです。その前に、さっさと日本へ帰れっていう警告でしょ。

でも、このまま日本へ帰ったらアウトです。金融屋が待ってます。何億か積めばあの金融屋とも解決できます。ふたりでピカソをつくるんです。そのためにここに来たんです。ここでしばらく荷物を守ってください」

収納に荷物を置いた。

山井の衣類、画材、３Ｄデータを収めたフラッシュメモリ、それに通帳と印鑑、カード。

通帳類を捨てたと言ったのは嘘だったと、今朝、山井は白状した。山井は寝床のベッドの裏にガムテープで貼り付けて隠していた。文紅も知っているという。

「オレは膠を探します。３Ｄプリンターの金もどうにかしますよ」

「ほんだら、わしは絵を一日一枚描いたらええんやな。それ以外は自由やな。わしもここで膠を探してもええか。文紅があるて言うたんやから油画街にあるはずや」

「勝手にしてください」

「さむちゃんは、一軒家におるんやな。約束は守ってくれよ。文紅が帰って来たときに、あの一軒家に誰もおらんかったら困りよる。文紅が帰ってきたらすぐに知らせてくれ」

「わかってますよ」

「さむちゃん、わしを裏切らんといてくれよ」

「山井さん、とにかく、文紅はもうあきらめましょ」

オレは山井を見ずにアトリエのドアを閉め、路地の階段を駆け下りた。


画商ビルで肖と膠を探した。

文紅の失踪を肖は知らないらしい。

中年の女性店主が紹介してくれた三人の若い水墨画のアーティストに肖は次々と電話を入れた。

「みなさん、膠水っていう製品化された膠を使っているらしいですね。師匠は誰かって聞きましたけど、佐村さんが思っているみたいに、日本式の先生と弟子ではないみたいです。みなさん、師匠は学校の先生だって言ってました」

画廊に戻って、指導教員を紹介してもらえないかと頼んだ。

「難しいと言っています」

「そこを何とか頼んでくれ。謝礼はいくらでもする」

「紹介はできないと言っています。深圳に美術系の学校は五ヵ所あります。大学が四ヵ所、職業訓練校の美術学校が一ヵ所。すべて国立の学校です。下手をすると紹介した店主も、紹介してもらったぼくや佐村さんも、スパイ容疑で逮捕されると言っています」

「本当にスパイ扱いされるのか」

「あり得ます。そういう国なんです」

朝に大芬を出て深圳の東、恵州（フイヂョウ）の膠工場に肖のレンタカーで走った。

古くからある工場だと女性店主が教えてくれたのである。

動物の皮や骨を処理する独特の匂いが立ち込める山手の工場で応対に出た事務方の男は、現場の職長に訊いてみないとわからないと言う。

「お金を渡してください。その方が話が早いです」

百元紙幣を二枚渡す。

「明日来てくれと言っています」

また高速道路と国道を走って大芬へ戻った。

夕方の油画街を呉絵画店へ歩いた。

横の路地から入って階段を上がりドアをノックする。

「山井さん」

声をかけたが返事がない。

ドアを開けると山井はいなかった。

収納の扉を開ける。通帳と印鑑、フラッシュメモリ、油絵具、乾性油はある。だがオーク材と麻布と釘がない。

一階の店舗へ走った。店主の呉の顔を見て思わず日本語で訊く。

「山井は、ここにいないんですか」

呉が広東語で何か言うが意味はわからない。

ハッと気づいて電話をかけると山井は出た。

「どこにいるんですか」

「一軒家や。今日の分の絵を描き終わったから画材を持ってこっちへ来た」

「何をしてるんです？」

「キャンバスをつくっとるんや。木枠を組んで、その上に麻布を置いて、十本ほど釘を打ったとこや」

「嘘でしょ。エックス線の検査がまだでしょ。釘穴の空洞が残っていたらどうするんですか！」

オレは一軒家に走った。

リビングのテーブルの上に、組みかけのキャンバスがあった。

山井はひとりでパソコンを立ち上げて光学調査の画像をモニターに映し出し、釘の位置を確認している。

「検査をしてないのに、どうして木枠を組んでしまったんですか」

「今朝、あの店の二階で目が覚めて、急がなあかんて思うたんや。さむちゃんが探してもエックス線がないんやから、しゃあないやろ。いちおうテラヘルツでは検査したで」

「今からこの釘を抜いて、バラバラに戻したらどうなりますか」

「麻布と木に釘穴が残るわな」

「それを、もう一度、組み直すってことはできるんですか」

「麻布が伸びとるから、布にできた穴に合わせてやり直そうとしたらダブダブの緩すぎるキャンバスになる。木に穴も残る。塞ぐのはもう無理や。また水につけたら木が傷む。絵を仕上げるときに何べんも乾燥機に入れるんや。下手したら木が裂ける」

「後戻りはできないってことですか」

「当たり前や。絵をつくるいうのは常に一回切りの勝負や」

イスに腰を下ろして組みかけのキャンバスを眺めた。

「手伝います」そう、言うよりほかになかった。

湿気や気温で微妙に違う麻布の張り具合を見ていた山井が、作業を再開したのは夜中の十二時だった。

オレが光学調査で調べたエックス線透過撮影の画像を原寸大にしてプリンターで打ち出すと、山井は木枠の上に置いて見比べながら位置を確かめて釘を手に持った。

「ふんっ」と山井は唸った。見ると、指で釘を押し込んでいる。

こめかみに血管を浮き上がらせながら、山井が言う。

「最後は人間の手の感触なんや」

途中で押し込むのをやめて、光学調査の結果と付き合わせた山井は、もう一度、押し込んで顔を上げた。

「たぶん、後、ちょっとのはずや」

テラヘルツで確かめる。山井の言ったとおり、あとコンマ何ミリか深く入ればピッタリ同じ深さだった。釘の頭が傷つかないように布をかぶせてドライバーを当て、山井は手のひらでポンと叩いた。もう一度、テラヘルツで確認すると、釘はオリジナルのピカソとまったく同じ深さに収まっていた。

すべての釘を入れ終えてキャンバスが組み上がったとき、窓の外は明るくなっていた。少したるんだ麻布を見て山井は言った。

「心配せんでええ。膠を塗ったら麻布は縮む。これでちょうどええ具合になる。ここでピンと麻布を張ったら、膠で麻布が縮んだときに木枠が壊れる。せやから、これでええ。釘穴も心配すな。空洞も塞がっとるはずや」

「どうして、わかるんですか」

「何百というキャンバスを組んで、木を扱うてきた人間の勘やな」

「勘ですか……」つぶやいたとき徐在の顔が頭に浮かんだ。

＊

「山井さん！」

誰もいないアトリエでオレは叫んだ。

イーゼルは片付けられて、部屋は空っぽである。

山井の衣類も、組み上げたキャンバスも油絵具も乾性油も通帳類もメモリもない。

恵州の膠工場を三日続けて訪ねた後だった。

やっと会えた職長の男に「そんな古い物があるわけがない」と笑い飛ばされて長い道を肖と引き返し、ふと気になって山井の様子を見にきたところだった。

アトリエを出て一階の店に飛び込んだ。店主の呉がまた広東語で何か言いながら細い路地を指さしている。

わけもわからず走った。路地の手前で上半身裸でサンダル履きの無精ひげの画工がスケッチブックに絵を描きながら若い画工に教えている。

頼むからどいてくれ。

心のなかで叫びながら前を走りすぎたとき、呼び止められた。

「さむちゃん」

見ると山井だった。

「わし、引っ越したんや」

「引っ越し?」

照れ笑いを浮かべた山井は「来るか?」と言って歩き出した。

日暮れの路上でキャンバスの木枠を組んでいる画工の脇を器用にすり抜けた山井は、洗濯物を干すみたいに紐に吊るした画用紙の油絵の下をくぐって、日の当たらない細い街路を進んだ。それから、ひょいと、とあるドアを押した。

どこかの工房の作業場だった。痩せた画工に混じってTシャツ姿の女のコが天井に吊るしたライトの下で画用紙に油絵具を塗りつけている。

山井は職長らしい男とうなずきあって、そのまま通り抜け、一度外へ出て、隣のビルの細く暗い階段を上がった。

「わし、急に出世したんや。今朝からここの屋上におるんや」

階段を上がると二階は画工が働く工房だった。三階も工房だが、イーゼルに立てた木枠のキャンバスだけがあって、人はいない。

四階の部屋のドアは閉まっていた。短い階段の上にある鉄のドアを開けると踊り場で、屋上につながる外階段があった。

突き出た軒の下にあるトタンを張り付けたドアを山井が開けると、二十畳ほどの部屋の真ん中にイーゼルが置いてあり、麻布のキャンバスに描きかけの青の時代のアルルカンがあった。

「最初に描いた画用紙の絵が、まだ絵具も乾かんうちに、呉さんの店で売れたんや。イタリアから来た骨董店の店主が、素晴らしい出来栄えやて褒めてくれて、麻布のキャンバスに描いてくれて注文までくれた。呉さんも、本格的にキャンバスでやってくれ言うてくれた。まあ、そんな話やと思うわ。通訳アプリで呉さんから聞いた話やけど、間違いないと思う。それで、この部屋に引っ越した。えらい遠い場所に来た気がするんやが、妙に落ち着く」

山井はオレを振り返った。

「さむちゃん。ここがほんまもんの大芬やで」

うなずいた。たしかに、ここは代々、贋作師が巨匠の絵を描いてきた部屋だった。

誰が誰なのかオレにはわからなかったが、部屋の壁を埋め尽くすモノクロのポートレートは、どれも巨匠と言われる画家のものだと思われた。日に焼けているものもあれば、油絵具で汚れているものもある。このなかには、マーク・ロスコもデ・クーニングもいるに違いない。

部屋にはベッドもあった。仕切り壁の向こうには炊事場とシャワーもある。窓の外を見ると、裏のビルの屋上の同じような小屋で人影が動いていた。

「膠を見つけたら、ここで、目止めと裏打ちをやるわ。ちゃんと荷物も持って来てある」

山井が壁際のカーテンを開けると、木製の棚に、組み上げたキャンバスと荷物がすべて置かれてあった。

「ここやったら、安心やろ」

「ええ」とうなずきながら、この男、大丈夫か、と不安になった。

山井には、オレを使い捨てのコマにしようとした悪人の雰囲気が、まるでなかった。

さむちゃん、さむちゃんと親し気な口を聞きながら、肚(はら)の底でオレを陥(おとしい)れようと企んでいた、あの嫌らしい気配も消えている。

「どないしたんや？」

ニコニコと笑う顔は、ただの初老の絵描きだった。

小屋を出て外付けの階段を下りていると、後ろから声がした。

「文紅が帰って来たら連絡くれよ」

山井は無邪気に手を振っていた。


携帯に向かって叫んだ。

「ちょっと待ってください。まずは、年代測定でしょ。山井さん、聞こえてますか」

また恵州にいた。

別の膠工場があると、画商ビルで教えてもらって朝一番で訪ねたのである。

事務方の男に百元紙幣を渡し、職長への紹介を頼んだところに山井が電話をかけてきた。

昨日、油画街で見つけたウサギ由来の膠で今からキャンバスの麻布の目止めをするという。

時代の違う膠が麻布の目の間に入ってしまったら、もう後戻りはできない。

「山井さん！」叫んだが、電話の向こうは静かなままである。

「山井さん！　山井さん！」叫び続けた。

「なんや」ようやく山井が答える。

「まずは年代測定ですよ」

「大丈夫や」

「何が大丈夫なんですか！」

山井は答えない。

「山井さん！　待ってください」電話は切れた。

「大芬に戻ってくれ。急いでくれ」

肖に頭を下げてレンタカーへ走った。

屋上の小屋に飛び込むと、「どうしたんや」と山井はオレを見た。

外階段を上がっているときに漂っていた独特の臭いが部屋のなかに充満している。

臭いを辿って部屋の奥へ歩くと、炊事場のコンロに鍋に入れた陶器の器があった。なかに黄色く濁ったどろどろの液体が入っている。コンロの火を消した。

「山井さん、まずは年代測定でしょ」

「そうか」山井は、どこを見ているのかわからない目で振り返った。

組み上がったキャンバスと荷物を棚から取り出して膠を持ち、山井を置いて小屋を出た。

南山（ナンシャン）の検査ラボの、目が釣り上がった中国人の担当者は、年代測定も成分分析も二週間かかると言ったが、百元紙幣を十枚渡すと悪びれもせずに一週間のスピードメニューがあると言い直した。もう二枚、百元紙幣を置いてラボを出た。

「膠、どこで見つかったんですか」何度も訊く肖に「油画街」とだけ答えた。

ホームセンターでスライド式の掛け金と鉄鎖と南京錠を買った。一軒家の寝床の天井裏に荷物を隠し、二階のドアと玄関ドアの内側に掛け金をつける。玄関ドアの取っ手と鉄骨の柱を鉄鎖でがんじがらめにして南京錠を閉めると、レンタカーで待っていた肖が言った。

「佐村さん、いったい何があったんですか」

肖の質問には答えなかった。文紅の紹介でやってきたこの通訳の青年に、何をどこまで話していいのかわからない。

夕暮れどき、呉絵画店でオレはまくしたてた。

「以前、膠を探していると言ったときは黙っていたのに、なぜ、今になって山井さんに膠を売りつけたんですか。呉さんが紹介した店で、山井は二万元も払ったそうじゃないですか」

二万元は日本円で四十万円である。山井の口座に残っていたほぼ全額だった。

オレの日本語に呉はおののいたが、肖に向かって吐き出す広東語は逆に威圧的だった。

「あなたはお客さんの日本人だが、山井は油画街のプロの画家だ、プロが欲しがるのだから、提供するのは当然だ。それが我々のビジネスだ。半額にまけてやったのに文句を言うのはおかしい、と言っています」

呉の紹介で膠を売りつけたという店は、ビルの四階にあった。一般客相手の路面店とは明らかに様子が違う。ドアをノックすると若い男が顔を出した。呉から話を聞いていたらしく「佐村さん？」と、たどたどしい日本語で言う。

「山井青藍に売った膠は、本当に五十年前の膠なんですか。正直に言ってください」

黙っている男に日本語で吐き捨てた。

「人を馬鹿にするのもいい加減にしろ」

店を出て振り返ると肖が出てこない。細い路地をどこへいく当てもなく、ひとりで歩いているると肖は追いかけて来た。

「あの画材店、油画街のプロの画工向けに画材を扱う店みたいです。希望があれば古い画材も扱っているらしいです。山井さんに売った膠は、あの店主の親戚が広州市で文具や画材を扱う店を営んでいた頃に手に入れて持っていたもので、時代に間違いはないっていってます」

「五十年前の文化大革命の時代に、広州市に本格的な画材を売る店があったわけがないだろ」

「わからないですよ」

肖の言葉を無視して言った。

「明日もまた恵州で膠を探す」

疲れ果てて戻った一軒家で、オレは文紅の部屋のドアに手をかけた。

文紅がいなくなってすぐに雇われた暴漢が画材を奪いに来ると思ったが、まだ誰もこの一軒家を襲ってこない。文紅がいったい何を考えているのか、手がかりがあるかもしれない。

ドアはスッと開いた。

柑橘系の香水の香りが鼻をくすぐる部屋をオレは漁った。

ハンガーで吊った洋服にも枕元の小さなカバンにも何もなかった。

ベッドの下にバスケットが四つあった。端のひとつを引っ張り出すと、楊皓が日本で開いた個展のパンフレットだった。

次は化粧品の入ったポーチ。その次はTシャツとジーンズ、ボトムのパンツ。最後のバスケットには布がかけられていた。

めくると文紅の下着だった。

「くそっ」ベッドの下にバスケットごと蹴り込んだ。

＊

レンタカーをキャンセルさせて油画街の茶房に肖を呼びだした。

「膠は一旦あきらめて投資家を探す。満島さんを紹介してくれ」

文紅の手がかりを探すつもりはなかった。金を手に入れて少し楽になりたかった。

肖は一瞬、えっという顔になった。

「文紅が会った後だって言いたいんだろ。でも、オレも会ってみたい」

文紅は複製画とアパレルブランドを融合させる偽の投資話を持ちかけたはずである。それならこっちは直球勝負でいけばいい。文紅の嘘を満島にバラして、本当は贋作をつくって儲けるのだと言えばいい。画材はこちらにある。現物を見せて交渉をすれば話はまとまるに違いない。百五十万元ほどの金を出してもらえれば、千六百万ドル、日本円で十九億二千万円に化ける。半分を満島に渡すとしても、ざっと三十倍にして返せる。

「文紅さんは何て言ってるんですか?」

「好きにすればいい、と言ってる」

肖がオレの目をじっと見ている。

「肖くん、頼む」

「ぼくが紹介できるような、人じゃないんです。連絡しても相手にしてもらえません」

「じゃ、その連絡先を教えてくれないか」

茶房の外から肖が渋々教えた福田の事務所に電話をかけた。ビジネスや投資、プライベートまですべての連絡の窓口だという。中国語の女の声が出たがオレが英語でしゃべると英語に変わった。満島に面会を申し込むと名前と用件を訊かれた。

「佐村隆と言います。ビジネスの話です」

「どのような?」

「日本の大阪にある工場を借りたいんです」いきなり贋作の話はできない。

「十分後にこちらからかけます」女が言って電話は切れた。

カフェで待っていると、ちょうど十分後に電話が鳴った。

「満島は、お会いしないと申しております」

何か言おうとしたが電話は切れた。かけ直すと同じ女が出て言った。

「どんなご用件でも、満島は佐村さんにはお会いしません」

携帯を握ったまま肖に言った。

「案内してくれ」

高層ビルのなかにある満島の事務所は入退館が一階のゲートで管理されていた。インフォメーションでかけあったが相手にされなかった。

肖と一緒に大阪の貸工場にいた張偉に会った。

深圳に戻った張は、満島の資本で設立した満島圧制有限公司の社長に収まっていた。福田の北、宝安の工業団地にある工場で、張は日本語でまくし立てた。

「サムラ？　いったいあなた誰なんです。帰ってください。投資なんてわたしには関係ない。肖が会いたいというから時間をとったんです。日本人が来るなんて聞いてません」

帰りのレンタカーのなかで肖に謝った。

肖は張に会うのを渋っていた。二年間大阪で一緒に技術を学んだ後、深圳で自分が社長になったら肖を技術責任者にすると言った約束を、張は一方的に破っていた。

油画街の茶房で肖に言った。

「また、膠を探す」

恵州の二軒目の膠工場でやっと職長に会い「そんな古い物はない」とまた笑い飛ばされた。肖と別れて大芬駅近くの食堂でビールを飲んでいると、隣の男が絡んで来た。地方から出てきた労働者くずれだろうか。荒っぽい調子の広東語で、がなり続けている。

臭い息がオレの顔にかかった。

「黙れ」オレは日本語で言った。

男が広東語で喚く。口が勝手に動いた。

「おまえは中国人だろ。三和の人材市場へいけば、何か仕事があるだろ。こっちは日本人なんだ。日銭も稼げないんだよ。何とかしなきゃ、日本へ返されて死ぬんだよ。借金を抱えた中国人の親子に嵌められて、こんなところにいるんだよ。必死なんだ。邪魔するな！」

帰りに立ち寄った屋上の小屋は様子が違った。

巨匠たちのポートレートを張った壁の一部が、ベレー帽をかぶったパブロ・ピカソのポートレートに変わっていた。

「麻布のキャンバスに一枚完成させたら、呉さん、壁にピカソの写真を貼ってくれはったんや」

山井は嬉しそうに笑った。

肖とまた画商ビルで膠を探した。

夕方、疲れ果てて山井のビルへいった。屋上に続く外階段の途中でメールの着信があることに気がついた。

最後に渡した二百元が効いたのか、検査ラボからの結果は二日も早く届いた。英文と中文が混ざったレポートを見る。

放射性炭素年代測定結果が一九六八年以降、アミノ酸の成分分析結果はウサギ由来のコラーゲン成分——。

階段を駆け上がって小屋のドアを開けた。

「山井さん。この間の膠、当たりです！」

＊

日暮れの道をスクーターのヘッドライトが照らした。

逸る気持ちを抑えて慎重にアクセルをまわす。

膠が、いい具合にふやけたので次の準備をはじめていると山井から連絡があったのは二時間前である。

山井に警戒心を抱かさせないために、急ぐ必要はないが余裕を持って屋上の小屋に移動する。キャンバスもほかの画材も通帳類もメモリも、すべて小屋に移した。

これから膠の作業の合間、乾燥機に入れるために二度、一軒家に戻らなければならない。作業は夜明け前に小屋で終わる。そこで山井を置き去りにする。オレは出来上がったキャンバスをいただいて宝安の張にもう一度、売り込みをかける。

三千二百万ドル、日本円で三十八億四千万円の契約書を見れば張は驚くはずである。半値になったことをわざわざ言う必要はない。仕上がったキャンバスと画材、年代測定の結果、メーカーのホームページの英語版テクニカルガイドを参照して変換済の３Ｄデータ。すっかりそろった準備物を見て、たった三千万円の投資話に乗らない馬鹿はいない。張なら日本語が通じる。尻込みしてもオレが詳しく説明すればこの儲け話の誘惑に勝てるはずはない。ましてや張は高みを目指している深圳の起業家である。絵はオレがどうにかして３Ｄプリンターに描かせる。売り切ってしまえば張には十億円ほどやればいい。その瞬間、張は一生口を割らない共犯者になる。

準備は万端に整っている。

荷物を入れるリュックはホームセンターで買った。ビニールテープも十分に用意している。荒っぽいことはしたくないが、山井が暴れたら縛り上げる。

とりあえずの宿泊先は、福田のビジネスホテルを予約してある。

住宅地を出て一本道を布沙路（ブゥシャルゥ）に向かう。

歩道に警官の姿が見えた。何事もないように前を見て走った。

呼び止められたらお終いである。オレは無免許運転の日本人である。

布沙路にも警官がいる。汗でぬめる手でアクセルをまわしながら、オレは何も考えずにただ前を見た。

屋上の小屋には、独特の膠の匂いが漂っていた。

「この温度計、そこの薬局で買うて来たんや。膠っちゅうのは、あんまり高温にしてしまうとあかんのや。勘でやっても大丈夫なんやけど、念には念を入れといた」

使い終わってテーブルの上に寝かせた温度計を山井は上機嫌で指さした。

陶器の器ごと湯煎して溶かした膠は、布で越し、冷水で冷やして不純物を沈殿（ちんでん）させた後だった。

「ほな、はじめるで」

手を動かしながら、山井はしゃべった。

「目止めで大事なんは、麻布の目の間をしっかりと埋めて、地塗り層が裏側へ滲み出んようにすることや。最晩年のピカソが、地塗りが裏に透けたようなダサいキャンバスに描くわけがないからな。それと膠を買うた画材屋で買うてきた刷毛、使うで。五十年前の刷毛らしい。万が一、毛一本が残って年代測定にかけられたらアウトやろ」

山井が刷毛を縦方向と横方向に動かして膠を塗ると、水分を吸って縮んだ麻布がピンと張りはじめる。

「粗目か中粗目か、麻布の目の大きさによって塗布する量を考えんといかん。下手くそな素人が膠を塗ると、麻布が急に縮んでキャンバスが壊れる」

オレは華強北で買ったプロジェクターでオリジナルの絵の側面に残る膠の痕を机の上に置いたキャンバスに映し出した。山井は迷いのない手さばきで刷毛を動かし、オリジナルそっくりに膠を塗った。

「ここで三十分、自然乾燥させた後、いっぺん乾燥機に入れてきてくれ。摂氏四十度で三時間や。今日はいつも以上に湿気が多い。三時間で頼む。その後、二度目の目止めをして、もういっぺん三時間や」

午前四時の布沙路を油画街へ渡った。

二度の目止めを終えたキャンバスは、山井が梱包ケースを改良してつくった運搬ケースに入れて背負っている。

この後、裏打ちをすれば膠の作業は終わる。

荷物を入れるためのリュック、ポケットには山井を縛るビニールテープ。持つべきものはすべて持っている。

夜明け前だというのに油画街の裏筋には画工がいた。座り込んで煙草を吸っている者もいれば、上半身裸のまま歩きまわっている者もいる。

次々とヘッドライトに浮かぶ画工の姿をやりすごして細い路地を走った。

ビルの下にスクーターを止めたとき、誰かに見られている気がしたが、見上げても誰もいない。ひとつ息を吐き出して階段を上がった。

屋上の小屋の前にリュックを置く。

ドアを開けるとお茶を飲んでいた山井が立ち上がった。

オレはパソコンの電源を入れ、キャンバスの裏側を撮影した画像をモニターに映し出した。

しばらく画像を眺めてオリジナルの絵の裏側の様子を確認した山井は、黙り込んだまま膠を二度塗った。

「このまま十分ほど乾燥させてから最後の作業や。わし、外の空気を吸うてくるわ」

炊事場の奥でドアが開く音がした。これまで気づかなかったが、小屋の外に出られる場所があるらしい。

のぞきにいこうかと迷ううちに、山井は戻って来た。

「よっしゃ、やるで。わしが、今から何ヶ所かに膠を塗ったらキャンバスの完成や」

裏打ちの仕上げはほんの十分ほどの作業だった。

「終わったわ」とつぶやくと山井はまた炊事場の奥へ消えた。

ドアの小窓から見ると、屋上にバルコニーが広がっていた。山井は鉄柵に手を置いて夜明け前の空を見ている。

オレは鍵をまわして山井をバルコニーに締め出した。

荷物をまとめるために小屋を出たが、玄関ドアのすぐ脇に置いたはずのリュックがない。どこに置いたのか。外階段のまわりを探しはじめた途端、ドアの内側でガタンと音がした。

玄関ドアは鍵がかかって開かなかった。

血の気が引いた。

手ぶらで一息つきにいく顔をして山井は炊事場の奥の鍵を持っていた。

「くそっ」ドアを蹴ったが開く気がしない。見ると外開きのドアだった。いくら蹴っても内側に開くことはない。

小屋のなかでゴソゴソと音がする。山井が荷物をまとめている。

どこから逃げるつもりなのかと考えて、アッと思った。あの屋上のバルコニーの奥に、すぐ下の四階の部屋へ下りる階段があるに違いない。

外階段を下り、踊り場からビルのなかへ入ろうと鉄製のドアに手をかけて、今度は全身の血が引いた。ドアは鍵がかかって動かなかった。

休憩をとったとき山井は下のフロアを通って踊り場のドアの鍵を閉めていた。

オレは外階段に閉じ込められた。

階段を上がって玄関ドアを蹴りつける。

「くそっ」また蹴った。木製のドアは少しへこんだ。

外階段の手すりに手をかける。靴裏でドアを蹴る。蹴って、蹴って、蹴りまくる。

「こらあ、山井！」叫びながらまた蹴った。手すりを握り直す。もう一度蹴って、蹴って、蹴りまくる。ふっと足裏の感触が弱くなった。木が裂けてなかの明かりが漏れている。

裂けめに狙いさだめてまた蹴った。

「山井！」

もう一度全力で蹴ると、裂けめにふくらはぎが入った。

足を抜いた。破れたズボンが血で濡れている。空いた穴から腕を差し込んで鍵を開けた。

山井はいなかった。

裏打ちを終えたキャンバスはない。カーテンの奥の棚も空っぽだった。

炊事場の奥のドアを開けて、オレは誰もいない暗いバルコニーを走った。

思ったとおりバルコニーの奥にも下へ通じる外階段があった。

駆け下りようと思ったとき、下の踊り場で影が動いた。足でも捻(ひね)ったのか、動けなくなった山井がしゃがみ込んでいた。

山井は膝立ちになって踊り場のドアの鍵を閉め、片手を挙げてオレを見上げた。

睨み合ううちに暗がりに目が慣れて、山井が挙げた手のなかに鍵が見えた。

山井は挙げた手をひょいと動かした。鍵が舞って隣のビルとの隙間の底からチャリンと音が聞こえた。

階段を下り、しゃがんだ山井をまたいで鉄製のドアに手をかけたが動かない。

「表のドアはさっき閉めた。わしもお前も、この屋上に閉じ込められたんや。わしが呼ぶまで呉さんは三日でも四日でも来ん。油画街のほんまの画家のアトリエいうのは、そういうもんや」

オレの足元でニヤニヤと笑っている山井の手から、完成したばかりのキャンバスと残りの荷物を取り上げて小屋に入れた。バルコニーを引き返すと踊り場から山井が叫んだ。

「おまえの考えとることなんか、とっくにわかっとるわ。リュック持って何喰わん顔で来て、誰が見ても、わしに仕事させといて全部かっさらう魂胆やないか。ふたりでピカソのアルルカンをつくって売る言うといて最初から裏切る肚やったんや。お前はそういう人間なんや」

「オレに金を出させて、使い捨てにしようとしたのは、そっちだろ。オレが何も知らないとでも思ってるのか。金属加工の坂根に手伝わせて文紅と逃げるつもりだっただろ。何がリースの保証人だ。借金まみれの坂根に保証人が務まるか」

言いながら階段を下りた。

「どこへ逃げるつもりだった。言え」

山井の胸倉をつかんで、立ち上がらせた。

「山井。言え。どこへ逃げる？　誰から金を引っ張る？　呉か？　文紅か？」

つかんだ胸倉を揺すると、山井の頭が鉄のドアに当たってガンガンと鳴った。

「楊皓も文紅もグルか！　言え！」

思いっきり山井をドアに押し付けた。

「南寧に逃げるつもりだったのか。文紅は南寧のどこにいる。山井ぃ！」

オレは山井を揺すった。ドアがガンガンと鳴った。山井は黙っている。

見ると山井は泣いていた。

「最後は泣き落としか」

またドアに押しつけた。

「ここから、どこへいくつもりだった」

「わからん」

「文紅はどこにいる」

「わからんのや。せやから、どこへいったらええかもわからん」

「誤魔化(ごまか)すな。文紅とグルなんだな」

「グルも何も、文紅は逃げてない。絶対に逃げてない」

「逃げたにきまってるだろ。本気で言っているのか。お前は馬鹿か」

「馬鹿とちゃう。あのコは絶対に裏切らへん」

山井はその場に崩れ落ちた。

暗い踊り場で、山井はオレの足元にしゃがみこんで動かなかった。

オレは山井から離れた。

このまま押し問答を続けたら、オレは自分の膝を山井の鼻に食らわせてしまう。

血が出ようが鼻が折れようが、知ったことではないが、やってしまったら歯止めが効かなくなりそうだった。

「香港で絵を渡すまで、昨日で五十日前なんや」

山井はぽつりと言った。

「3Dプリンターを発注して、ピカソつくって光学調査で検査できるリミットが五十日なんや。せやから投資家の件は全部文紅に任せるけど、五十日前のお昼の十二時に、必要な資金が手に入ってなかったら、もういっぺん相談するて約束させたんや」

「そんな話、オレは聞いてない」

「福田のホテルで、さむちゃんがシャワーを浴びてる間に、文紅と電話で話したんや」

悪びれもせずに山井が言う。

「深圳に来て、文紅、焦(あせ)っとった。死に物狂いで投資家を探すて言うから心配になって、このリミットだけは守ってくれて約束させたんや。それまではどこでどう動いてもかまへんけど、このリミットの日には必ず相談するて約束させたんや。

ピカソの値段が半分になって、帰って来んかったときは、わしも正直、裏切られたんかと思うた。せやけどすぐに、そんなことはないと思い直した。

キャンバスを組んだのも、膠を買うたのも、文紅がお金の段取りをつけたら、すぐにピカソをつくるためや。文紅は裏切ってないで。文紅が油画街にあるて言うたとおり、あの膠は本物やったやないか。文紅、画材や通帳や印鑑を奪いに来んやないか。昨日の昼をすぎても連絡がないて、おかしいんや。なんかトラブルに巻き込まれて、わしが探しに来るの待っとるんや」

山井は真っ赤に腫(は)れた目でオレを見た。

「さむちゃん、文紅を探してくれ」

「嘘は聞き飽きたんだよ」

「さむちゃん！　あのコ、十八億円も借金があるんや。助けたってくれ。ピカソ、売ったら十九億二千万円入る。あのコの借金を返しても一億円は残る。全部さむちゃんにやる。わしはどうなってもええ。文紅を探してくれ」

「馬鹿にするな！　オレに借金させて、使い捨てにしようとしておいて、よくもそんな嘘が言えるな。もしオレが、あの貸工場に置き去りにされてたら金融屋に殺されるかもしれなかったんだ。文紅や楊皓の借金なんか知ったことじゃない。どうせ、ろくでもないことでつくった借金だろ」

「お前、自分の言うてることわかってるんか」

山井は片足で立ち上がった。

「楊先生の十八億円の借金、ぜんぶお前の親父(オヤジ)のせいなんじゃ」

「こんなときに父親の話を持ち出すのか」

オレは階段を駆け下りた。

「こんなときやから持ち出すんじゃ。おまえの親父が十八億円の元凶じゃ」

オレの右の拳が山井の眉間に向かった。殺してしまうかもしれないと思った刹那、咄嗟に身体を倒して拳を逸らした。拳が鉄のドアを殴ってガンと音が響いた。

「嘘は聞き飽きたと言ってるだろ」

「お前も親父と一緒じゃ。この、鬼が！」山井はまた叫んだ。

「楊先生の左目を潰して盲目同然にしたのはおまえの親父や。わしが引き合わせたばっかりに、佐村は楊先生の贋作つくって金儲けして、楊先生にバレて怒鳴られて拳で左目潰したんや。物のはずみなんて話で済まされん。画商が片目の画家の、たったひとつの目を殴ったんや。楊先生の画家の命はそれで終わりや。挙句に見えへん目で話の違う契約書にサインさせられて、文紅、十八億円もの借金を背負うたんや」

「出まかせはやめろ！」

「出まかせでこんなことが言えるか！　おまえの親父が何で死んだか知りたいか！」

山井は、呻くようにしゃべった。

「おまえの親父は十年あまりも楊先生のとこに出入りして、最後の五年は楊先生の贋作で儲けたんや。その金でおまえを留学させて、挙句に楊先生の目を潰して、楊先生と約束した個展もほっぽり出して逃げたんや」

「嘘はやめろ。楊皓が裏切ったんだろ」

「アホなこと言うな。お前の親父は逃げた先で、楊先生が見えんようになっていく目で最後に描いた絵を見よったんや。楊先生が日本画の技法を採り入れて辿り着いた赤い抽象画や。

あの絵を楊先生は東大阪の家のアトリエで描いた。わしが顔料溶いて手伝うたから、よう知っとるんじゃ。絵はオークションで楊先生のコレクターやった東京の資産家が買うて、故郷の一軒宿に飾ったんや。おまえの親父、逃げてその絵を見たんや。あの絵には楊先生のサインと制作年月が描いてある。アホでも自分が殴って潰れた目で描いた作品やとわかる。

それ見たら、普段はそんなことせん先生が、これが遺作やと思うて描きはったんや。

しかも傑作やったんや。いくら贋作が出回ろうが、目を潰されようが、楊先生は傑作を描いたんや。あの絵は、いずれ、見えんようになる娘の文紅を思うて描いた絵や。佐村、それを見て死によったんや。良心の呵責いうやつや」

「違うだろ。楊皓に裏切られて、恨んで死んだんだ」

叫びながら涙が出てきた。

「違うことあらへん。佐村、後悔したんなら、楊さんに謝って、できるだけのことをしたらよかったんや。楊先生は厳しいけどやさしい人なんや。なんで両目が見えんようになったか、いまだに他言してないんや。佐村が贋作売ったことは業界の人間はみんな知っとるけど誰も話題にせえへん。楊先生が、迷惑受けた人に金を払うて回収して収めたんや」

「根も葉もないことを言うな」

「嘘やと思うなら調べたらええ。せやけど胸に手当てたらわかるやろ。長年、画商として生きてきたのに、おまえの親父の葬式に、ほかの画廊やコレクターから弔電の一本でも来たか」

言い返そうとしたが、言葉が出なかった。

継母が借りた広い葬祭ホールの告別式には、ひとり息子のオレと実母の姉夫婦と町内会の会長しかいなかった。弔電は継母の遠い親戚から一本届いただけだった。

「佐村かてもとは悪い人間とは違うんやろ。せやけどあの後妻、つまり、おまえの継母にぞっこんになって変になったんや。わしは、けったいな女やと思うたけど、おまえの親父は狂うとった。再婚した後で、あの女が借金まみれやったとわかったけど、佐村、別れんかった。結局、最後は贋作を売りよったんじゃ」

山井は息を切らして薄闇のなかでオレを睨んだ。

オレは柵にもたれてどうにか立っていた。

画廊を畳んで苦しかったはずの父が進学を許してくれた東京の大学。留学をしたいと言った翌日にポンと振り込んできた二百万円の金。ポカンと口を開けた父の死顔。閑散とした告別式。蓋を開けてみたら抵当権まみれだった阿倍野の実家の家と土地。山井の話はちぐはぐだったオレの家族の記憶をすべて綺麗につなげていた。

「佐村と楊先生のことは、息子のお前には関係のない話や。せやけど文紅を助けるために使える人間はお前しかおらんかった」

「使える人間？」

オレが言うと山井はまたいきり立った。

「天心教のピカソで儲けられるてわかったけど、わしが借金してもあと二千万円足らんかった。わし、あの後妻に金を出させたろうと思うて阿倍野の家にいったんじゃ。そしたらあの女死んどって、息子のお前がおった。家も土地も借金のカタに取られていくらも残らんと聞いてがっかりした。帰ろう思うたら絵を金に換えられへんかて言われてカチンと来た。見たら、どれも糞みたいな素人の贋作や。あの女、凝りもせんと佐村画廊の看板をあげて贋作を売っとった」

「交換会で仕入れたプロの絵でしょ」

「アホか！　楊先生の贋作で業界を騒がせた佐村の嫁が、佐村画廊の名前で交換会に出入りできるはずがないやろ。あの女が誰かに似せて描いた贋作じゃ。自分ひとり不幸抱え込んだみたいなお前の顔を見とったら余計に腹が立った。文紅はお前の親父のために十八億円の借金背負わされても、毎日必死で東京の修復工房で働いとったんじゃ。

この息子に借金させて放り出したらええんやて、あのとき思いついた。かわいそうな気もしたけど、預かった絵が売れた言うて金を持っていったら当たり前みたいな顔で受け取りよった。それでもわし、迷うた。せやけど十億円稼いでみんかて言うたときのお前の顔を見て、迷いなんか吹っ飛んだ。疑うとるくせに肚の底で計算しとるお前の目、恐いくらいに親父にそっくりやった」

オレは階段に座り込んだ。

「わしは文紅を助けたいんじゃ」

山井は突然叫んで、オレに覆いかぶさって来た。

座ったまま階段に押し倒されて、胸倉をつかまれた。

「文紅、佐村の息子を仲間に取り込むて言うたら無茶苦茶嫌がった。お前の親父が楊先生殴って目を潰したとき、文紅、高校に上がったばっかりやった。何もかも知ってるんや。借金背負わせて金を出させたらすぐ切る、ピカソ売った金で金融屋の借金を消してやったら死ぬことはない、契約者本人にしてしもうたら一生口を割ることはない言うて説得したんや。せやのに香港から帰ってきたら、佐村さんは運命共同体やて言いよった。わしかてこの歳まで生きてきたら、文紅とお前が深い仲やないことぐらいわかる。香港で何があったか訊いても文紅、教えてくれん。

わし、佐村は切ろうて何べんも言うたけど、うんと言わん。とうとう中国まで来てしもうた。挙句にわたしが必死に投資家を探すのは佐村さんのためでもあるて言いよった。

おまえが、わしを恨むのはしゃあない。せやけど文紅は違う。

こらぁ、聞いとるのか！　佐村、逃げるな！　文紅を探せ！」

山井は胸倉をつかんだ手を揺すった。

背中を何度も階段に押し付けられながら、山井の肩越しに明るくなっていく空を見つめた。

「さむちゃん、文紅を助けてくれ」

山井の涙がオレの顔に落ちた。

オレは山井の身体を払いのけて立ち上がった。

五章　資金（ズージン）

地鉄（ディーティエ）で老街（ラオヂェ）へ移動した。

駅の上に広がる東門（ドーメン）の商業エリアにはアパレルショップが密集している。

肖（シャオ）が文紅（ウェホン）と一緒に撮っていた写真の顔をトリミングして、商業ビルの店に飛び込んだ。

アパレルの起業話で投資を呼び込もうとしたのなら、文紅はここで情報を集めたかもしれない。

携帯の写真を見た店員は、さあという顔で首をかしげている。

オレはすぐに礼を言って次の店に移動した。

「文紅が二週間前から戻ってこない。連絡もつかない。一緒に探してくれ」と言うと肖は怒った。

「どうして黙っていたんですか！　文紅さんは無事なんですか」

オレは何も言えなかった。

文紅がどこで投資家を探していたのか肖は知らなかった。肖は本当にオレと会ってから一度も文紅と連絡を取り合っていなかった。

投資家を探す起業志望者はどこにいくのか、肖が携帯で調べたが何もわからなかった。満島に会えば何かわかるかもしれないと、肖が面会を申し入れたが断られた。

文紅は満島と何を話していたのかと訊いたが肖は答えない。オレは肖を詰めなかった。

東門の商業エリアは広い。

写真を持って飛び込んでいる間に、どこにいるのかわからなくなる。

どちらが老街駅なのか方角さえ見失ったまま、オレは次の店へ歩いた。

文紅の父が画家だと知って驚く肖を連れ、父の楊皓（ヤンハオ）から糸口が見つからないかと大芬（ダーフェン）の画商ビルに入った。

一軒宿の支配人が送ってくれた赤い絵を携帯で見せると「楊皓」と店主は言った。

広東語でやりとりをした肖は早口でオレに通訳した。

「この絵は現代の中国水墨画で幻の傑作と言われている作品らしいです。現在は上海市の美術館が所有していて、今年の春先にアートフェアが開催される前まで香港のM＋美術館で展示されていたと言っています。最初にオークションに出たときは一億円もしなかったんですが、楊皓の最後の傑作だとわかってきて、市場に出れば相当な値がつくと言われているそうです。ただ、楊皓本人の買い取りでもないかぎり美術館が手放すことはないので、投資目的のコレクターは楊皓の名前も知らないらしいです」

オレは店主に父と楊皓、山井、文紅が四人で写る古いプリント写真を見せた。

「楊皓の娘を探しています」

思わず日本語で言うと店主は驚いた。広東語のやりとりの後で少し黙った肖はオレを見て言った。

「何年か前に絵を描いてもらおうと楊皓さんを訪ねたとき、親戚の人から聞いた話らしいですが、楊皓さんは日本人に目を潰されて引退したらしいです。知っていることはそれくらいだと言っています」

歩道沿いに整備されたロックガーデンのなかのアプローチをとおって、エントランスで肖がインターホンを押した。

福田（フーティエン）駅から徒歩十分ほどの場所にあるタワーマンションだった。

「いくだけいってみたい」とオレが言って案内させた満島の自宅である。

広東語の女の声と長いやりとりをした肖が振り向いた。

「少し待ってくれと言っています」

しばらくして肖の携帯が震えた。

最上階の満島の自宅のインターホンにも女の声が出た。白い扉が両側に開くと、タイルを敷き詰めた広い玄関でレースのタイトなワンピースを着た女が出迎えに立っていた。

女の後ろについて吹抜けのリビングに出たとき一瞬、身体がすくんだ。

ガラス張りの窓に暮れなずむビル群と海路で深圳と香港をつなぐ深圳湾が広がる部屋は、徐在と会った尖沙咀（チムサーチョイ）のホテルを思い起こさせた。

突然、部屋に日本語が響く。

「肖大竜（シャオダーノン）が、ここまでしつこい男だと思わなかった。事務所に電話をかけてきて、とうとうこんなところにまで押しかけて来た」

大きな白いソファセットに、髪の毛がすっかり薄くなった小柄な男がアロハ柄のシャツを着て座っている。

「この人か」

小声で訊くと肖はうなずいた。

オレはまじまじと満島を見た。

玄関で応対に出た女を膝の上にうつ伏せに乗せて満島は尻を撫でまわしていた。

「普通なら肖を追い返してるんですよ。でも、楊文紅のパートナーの日本人を連れてきたと言うので会いたくなったんです。佐村さんですね。なるほど……」

ニヤニヤと笑いながら満島は女の尻をパンと叩いた。

「佐村さんは、深圳ははじめてですか。こんなことで驚いてもらっちゃ困ります。楊文紅もここにいる肖も驚いていましたが、甘すぎるんです。これが深圳です。これが深圳ですよ」

言いながら満島が女の尻をパンパンと叩く。

狂っているのかと思うが、目は正気だ。

「楊文紅はここにはいませんし、どこにいるのかも知りませんが、わたしが楊文紅と何を話したかぐらいはお教えできますよ。本人から何も聞いてないんでしょ。その顔は図星」

オレと肖がソファに座った後も、満島は女の尻を撫で続けている。

「気になりますか」満島はオレを見た。

オレは満島を睨みつけた。

「この女は肖くんの知り合いですよ。肖くんには先輩がおりましてね」

「張さんですか」

「張を知ってるんですな。これは張偉の妻だった女です。起業したいという男がいると深圳と大阪を行き来している男が教えてくれましてね。嫁がえらい別嬪だという話で。会ってみたら、このとおりの美人です」

満島が膝の上の女の顔をオレと肖に向ける。

あらためて見ると中国の有名女優を思わせる美形だった。

「誰だって自分のものにしたくなるでしょ。だから張に投資をしたんです。そういうことでしか投資はしないんです。これ以上、お金を増やしても仕方がないでしょ。探してみたら日本で持っている不動産のなかに、大阪の小さな工場がありました。懐かしいですな、わたし、生まれも育ちも大阪です。家業の工場を継いだんですが馬鹿らしくなって、ひとりで深圳に来ました。百件くらいのビジネスに投資したら二件が大化けして、このとおりです。そこから後は、自分に正直に生きてきたんです。いわば、これがわたしの人生です」

満島は聞きもしない話をしゃべり続けた。

「あの工場の資料を見て、こういう寂しい場所に生真面目な男をいかせたらどうなるのかと興味をそそられました。半年ほどして、張を大阪の夜の街で接待させたら破廉恥な本性を現しました。全部写真を撮って終わりです。夫婦は離婚です。肖くんは、一緒に大阪にいたからよく知ってるだろ」

肖はうつむいたまま黙っている。

「誰にとっても悪い話じゃない。張には約束どおり技術指導もして給料も払いました。張も張で、すっかり風俗にハマって日本人の女の裸のサービスを堪能したんです。深圳に戻って今は満島圧制の社長です。高級車に乗って、若い女と暮らしていますよ。

この女は、深圳でけっこうな借金を抱えて困窮しました。ぼくが困窮させたんですがね。今はこのとおりです。長い時間がかかりましたけど、それがまたいいんです。この女にとっても悪い話じゃない。深圳一、高いタワーマンションの最上階でこうして暮らしてるんです」

オレは満島の話をさえぎった。

「文紅を探しています」

「楊文紅とは二度会いましたよ。連絡があったのは彼女が日本にいた頃です。張と肖くんがいたあの大阪の工場を借りているとかで、投資の相談がありました。中国人の若い女だというので、会って話せるなら検討すると答えさせました。

深圳に来たというので近くのホテルのロビーで会ったら、すごい美人でびっくりしました。しかも投資額は百五十万元、三千万円ほどです。そのときは気を持たせて別れました。すぐに話をすすめては、おもしろくない。せっかくの美人なんですから。

翌日に、肖くんを紹介してやりました。楊文紅は一ヶ月だけ毎日働いてくれて、車の運転ができる日本語通訳を探しているという話をしていました。そんな都合のいい通訳は、いくら深圳でもふつうに探していては見つかりません。事務所で引き合わせて、その後、ふたりにここへ来てもらいました。な、肖くん。そうだな」

オレに視線を戻して満島が続ける。

「安心してください。楊文紅にも肖くんにも、暴力的なことは何もしていない。わたしは向こうから屈服してくるのを待つタイプなんです」

「文紅を探しているんです」

オレを無視して満島がしゃべる。

「楊文紅と肖くんをここに来させたのは、お遊びです。この女と肖くんを再会させてみたら、どうなるのかと思ったんです。肖くんもこの女をよく知っているんですよ。張と三人で同じメイカーの製造現場で働いていたことがあるんです。この女の反応が素晴らしかった。楊文紅の反応も良かったです。顔を引きつらせて真っ赤になって可愛かったですよ。

ふたりを帰して、楊文紅に電話を入れました。もうすぐ深圳に、ここより高いタワーマンションが出来ます。最上階を買ってあるんです。そこで一緒に暮らせば百五十万元と言わず、五百万元でも投資してやると言いました。残念ながら断られましたがね。そのときの楊文紅のせりふがよかった」

「聞かなくても、わかります」

「そうでした、佐村さんは、パートナーでした」満島がニヤニヤと笑う。

「楊文紅とのやりとりは、これだけです。連絡を待っているんですが、まだありません。今頃、大変なことになっていると思うんですけどね」

「大変なこと？」

「ここは大阪じゃない。深圳なんです。わたしほど金は持っていなくても、わたしみたいな人間がゴロゴロいるんです。

楊文紅は、切羽詰まった人間の顔をしていました。恐ろしい借金を抱えて、それを返すために起業したいのか、誰かのために駆けずりまわっているか、それがまたゾクゾクさせるんですがね。佐村さんに黙って姿を消したとなると、なおさら大変なことになっていますよ。切羽詰まっているのに誰にも相談できないんです。どんなにすぐれた人間でも判断を誤ります。

若い美人が投資家を探せば、金を持った男はどんどん寄って来ます。百五十万元くらい、ポンと出す男はいっぱいいます。トラブルに巻き込まれるのは、目に見えています。

素直に投資してもらえばいいですが、彼女のことだから撥（は）ねつけるでしょ。その間にどんどんトラブルは大きくなります。そろそろここへ来るんじゃないかと、楽しみにしているんですがね」

「文紅がどこにいるのか、心当たりがあるなら教えてもらえませんか」

オレは満島に頭を下げた。

「海上世界（ハイシャンシージエ）あたりを、うろうろしてるんじゃないですか。人材交流イベントをやっています。

金がない起業志望の人間と、わたしみたいな富裕層を夢見て投資相手を探す人間が情報を交換するマッチングイベントです。それ以外のことは、ちょっと想像がつきません。

楊文紅に会ったら、早くズージンを用意しろと言ってやってください。百五十万元ぽっちのお金も持っていないパートナーと組んでいても何もできない。金がある人間に従うのが一番手っ取り早い。満島が待っていると言っておいてください。ここは深圳です。みんな一番高いところを目指しているんです。恥ずかしがることはない。当たり前の話ですよ」

ソファから立ち上がって満島を見下ろした。

「おまえ、馬鹿じゃないのか」

エレベーターに急いだ。

「海上世界って蛇口（シャーコウ）の近くだな」

肖がうなずく。

「大っきな水辺でライトアップの噴水ショーをやっているアミューズメントエリアです」

「ズージンって、金という意味なのか?」

「正確には資金です」

バーと飲食店に次々と入ってようやく聞き出した海上世界の人材交流イベントに二日続けていった夜、屋上の小屋を訪ねた。

傷めた足に膏薬（こうやく）を貼った山井は、イスに座って青の時代のアルルカンをキャンバスに描いていた。

「文紅おったか」

振り向いた顔は土気色だった。

「さむちゃん、この絵見てみぃ。哀しい絵やろ」

山井は、イーゼルに載せた絵を指さした。

「この時代の初期のピカソは、世間から一段低い場所におるアルルカンの役者が抱えた憂いを、ピカソの視線で描いたんや。わしらもピカソの視線でアルルカンを見とるんや。せやけど、わしらがつくる最晩年のピカソが描いたアルルカンは別物やで。アルルカンがわしらを見とる。最晩年のピカソが小さなキャンバスに描いたのは、たった一人の人間の顔や。目が強調されるように、顔だけ描いたんや。

あのアルルカンに声はない。口が閉じとる。ほんで、目だけで色々言うてくる。あの目が突きつけてくるのは人間の業や。嘘つきで、強欲で、ずる賢い役を演じる卑しい旅芸人やと思てるかもしれんが、それは、おまえらの姿を演じとるだけなんやと、あの目は言うとるんや。あれはピカソの傑作やで」

話しながら山井の身体はふらふらと振れた。

「少し眠った方がいいですよ」オレは言ったが山井はしゃべった。

「せやけど、わし、絵具層のなかまで再現するデータを文紅と一緒につくってわかった。ピカソは、深い業の奥底に、もっと温かい人間の感情を描いとるんや。嘘つきで、強欲で、ずる賢い本性を乗り越えて生きろと言うとるんや。生涯に二回結婚して三人の女に四人の子どもを産ませて愛に生きた芸術家が、最晩年の傑作に仕込んだメッセージや。わしらがつくるピカソは、そこまで再現する3Dのピカソや。本物のピカソのアルルカンや。

わし、本物のピカソをつくるて最初に文紅と約束したんや。あのコ、贋作なんかつくられへん言うて泣いたけど、本物のピカソで十八億円の借金を返そうて言うたんや。約束どおり、わしら本物のピカソつくるで」

「わかりました。山井さん、横になりましょ」

「冷蔵庫からペットボトルの水出してくれ」

言われたとおり持ってくると、山井は喉を鳴らして飲んだ。

「せや、さむちゃん。ひとつ頼んでええか」

「どうぞ」オレは言った。

「この贋作づくりてアートなんや。美しさを追求するのが美術。メッセージをまつわりつかせて作品をつくるのがアート。ピカソはアートの巨匠や。本物のピカソをもう一枚つくるいうことは、ピカソのメッセージを世界に向けて二枚同時に突き付ける仕事や。これもアートなんや。

昔、ピカソのゲルニカがアメリカの美術館でスプレーで落書きされた事件知ってるか。ベトナムで戦争をやっとるアメリカが、なんで反戦の象徴であるゲルニカを持ってるんやという抗議やったんやが、犯人は堂々とわたしは芸術家ですと言うたんや。すぐに消せるスプレーで落書きしたパフォーマンスや。それでゲルニカはスペインに戻った。賛否両論あるけど、あの落書きの行為そのものがアートなんや。

　せやから、わしらが本物のピカソをつくって、時効が明ける二十年後に盗まれたオリジナルが市場に出て、どっからどう調べても同じもんが二枚あるとなって、世界中がこの絵に注目したら、まさにこの贋作づくりはアートや。せやろ」

「そうですね」

「せやけど、オリジナルのピカソ、天心の特別室で燃えてしもうたかもしれん。もし、燃えてたら、二十年後に自伝を書いてくれへんか」

「自伝ですか？」

「文紅やわしや、さむちゃんの名前は伏せといてええんや。時効が明けて世の中に出てきたピカソ最晩年のアルルカンはどこからどう調べても本物と同じ、完璧な贋作やと知らせてほしいんや。その行為自体が、この絵に注目を集めて、ピカソのメッセージを世界中につきつけるアートや。わかるやろ」

「わかりますよ。二十年後に自伝を書けばいいんですね」

「約束やで」

「約束します。山井さん、横になりましょ」

「せや」

　ベッドにいきかけた山井は思い出したようにオレを見た。

「文紅を助けたってくれ」

疲れ果てて布沙路を渡った。

真っ暗な一軒屋の玄関に鍵を差し込んで地面の砂ぼこりを擦る音に振り返ると、暗闇に背の高い影が立っていた。

月明かりに刃物が光った。

影は広東語で何かしゃべった。男の声だった。

黙っていると「おカネ」「しゃちょうさん」と男は日本語で言った。肖が人材市場で雇った日雇いアルバイトの顔が浮かんだ。

近づいて来る影に押されて後ずさった。背中が一軒家の鉄の扉に当たって汗臭い匂いが鼻を襲う。

ナイフを握った男の右手を押さえた途端、足を払われて背中から落ちた。

「しゃちょうさん！　しゃちょうさん！」男は泣きながらオレを平手で殴った。

布で口をふさがれた。汗なのか小便なのか饐えた臭いが顔を覆う。

息ができない。

「おカネ」男が言う。

急に身体が軽くなって顔を上げると、坂の上から車のヘッドライトが迫っていた。誰もいないと思っているのか、車は狭い夜道をぐんぐんと近づいてくる。砂埃の地面をゴロゴロと転がると顔の前を車のタイヤが通りすぎた。荷物を満載にした軽トラックの後ろを、人材市場の男の影が走って逃げていた。

足元に転がっていた折りたたみ式のナイフを閉じてポケットに入れ、夜道に叫んだ。

「死ぬわけにはいかないんだよ！」

＊

「さっきの写真。もう一度、見せてもらえるかな」

海上世界の中華レストランの人材交流イベントで、文紅の写真を片手に半分ほどの人間に声をかけ終えたとき、同世代のビジネスマン風の男に日本語で話しかけられた。

「ここで何度か見たよ。日本語を話すコでしょ。探してるのなら、ミユちゃんに会えばいい。ナカガワミユ。このコとよく話してた。たまにここに来るんだけど、普段はココパークのレボリューションかエクイスにいる。気まぐれに、ぼくらみたいな日本人を呼んでパーティーをやる気前のいい女のコ」

男に礼をいい。人込みを掻き分けて肖をつかまえた。

「ココパークなら、わかります。購物公園（ゴウーゴンユェン）駅の近くにあるショッピングモールです」

中華レストランを飛び出して坂道を下った。

まだ夜の九時である。アミューズメントエリアの近くまでいけば、すぐにタクシーが拾える。

購物公園までなら三十分ほどでいける。

坂を下り終えたとき、携帯が震えた。

「さむちゃん！」興奮した山井の声が耳に響いた。

「わし、描くわ。地塗りやら下書きやら、もうええやろ。わし、今なら完璧に描けるわ」

「描く？」

頭がまわらない。

「3Dプリンターに描かせるより、わしが描いた方がたしかやろ」

「山井さん待て！」オレは叫んだ。

肖がオレを振り返る。

「わし、ピカソみたいなもんや。今やったら完璧に描けるわ」

「今どこですか？」

「家や。家におる。わしの家や」

「描いちゃダメです。待って！」

山井はまだ何か言ったが、何を言っているのかわからないまま電話は切れた。

ひとりでタクシーに飛び乗って運転手に叫んだ。

「大芬（ダーフェン）！」

タクシーは国道を北に上がってインターチェンジで東向きの道に乗り換え、深圳中心部の山側を走った。

何度鳴らしても出ない携帯にオレは叫んだ。

「山井さん！　山井さん！」

屋上の小屋に飛び込むと、上半身裸の山井はイーゼルに向かって筆を動かしていた。

「山井さん！」

山井は振り向きもしない。

キャンバスに描きはじめたばかりの絵がある。青の時代のアルルカンだった。

祈りながら収納のカーテンを開けた。

目止めと裏打ちを終えて完成したキャンバスはそのままあった。

「山井さん」肩で息をしながら声をかけたが、何を言っていいのかわからない。

市販のキャンバスの上に筆を動かしながら振り向いた山井は、無精ひげが伸びてやつれきっていた。

「さむちゃん、気ぃつけや。美濃部が来とる。覚えとるやろ、絵を盗んで逃げた美濃部。布沙路を夜に清掃車で走っとる」

真顔だった。山井は精神のバランスを失っていた。

「山井さん、しっかりしてください」

「さっき楊先生の奥さんが来てくれた。下で会わんかったか。美濃部の清掃車に気ぃつけろてさむちゃんからも言うといてくれ」

キャンバスと画材と通帳類、３Ｄデータのフラッシュメモリ。荷物をすべてまとめて小屋を出た。山井の手元に置いておくわけにはいかない。

一軒家に荷物を入れ、用心のために鎖と南京錠で玄関のドアをがんじがらめにして油画街に引き返すと、山井は独り言を言いながらビルの下に立っていた。

「山井さん、上に戻って寝ましょう」

オレが言うと山井はうなずいた。

「さむちゃん、昔、東大阪の楊先生の家で一緒に写真を撮ったことがあったな。桜の木がある平屋の家、覚えとるやろ。文紅、可愛かったな」

「いきましょう」手を当てた山井の背中は、ひどく薄かった。


エクイスでナカガワミユに会えたのは翌日の夜だった。

夕方に一度、肖とカウンターに座ってバーテンにチップを渡した。文紅の写真を見せると、ナカガワミユは何度か店にこのコを連れてきたと言う。

いつも十時過ぎに来て、奥にあるＶＩＰ個室を使う。気難しい女だから店で話しかけずに個室に押しかけるといい。教えられたとおり近くで時間を潰してまたエクイスに入った。

カウンターの端に座っていると一時間ほどしてバーテンが目で合図した。

深圳ではあまりみかけない白いパンツにラメのカットソーを合わせた綺麗な女が入って来るところだった。女の後ろに三人、中国人の柄の悪そうな若い男がいる。四人は店の奥に消えた。

ウェイターがカクテルを運んでいった後で、またチップを置く。バーテンは奥の右手にＶＩＰルームがあると教えた。

ヘリンボーン柄の寄せ木になったヴィンテージな雰囲気のドアをノックすると、中から声が聞こえた。

広いボックス席の真ん中に先ほどの女がいた。

「ナカガワミユさんですか」日本語で話しかける。

三人の男が身構えた。

「日本人？」

「佐村といいます」

女は少し考えて言った。「ナカガワミユはわたしだけど、何の用？」

「楊文紅を探しています。何か知っていたら教えてもらえませんか」

「もしかしたらあのコの彼氏？　馬鹿みたい」

ミユがあごを上げて笑う。

三人の中国人の男は、取り巻きらしい。

ひとりは短パンにTシャツの細マッチョの美形である。あとのふたりは骨太の威圧的な体軀（たいく）でふたりとも胸の開いたシャツを着ている。突然乱入してきたオレと肖を睨んではいるが、用心棒という雰囲気ではない。三人ともオレとミユの会話を、ぽかんとして聞いている。たぶん日本語はわからない。

「それで、あのコのことを知りたいわけ」

「お願いします」オレは頭を下げた。

「いいわよ。今、ちょっと気分がいいのよ」

ミユは足を組み直して細い煙草をくわえた。

「わたし、週に何日か海上世界にいくの。起業家と投資家が集まる人材交流イベントがあるの。趣味の投資家なの。そこで、あのコと会ったのよ。綺麗なコだって思った。洋服は安物なのに、あのコ自体はエレガント。素敵って思ったわけ。嫌味じゃないのよ。あたしはそんなことに嫉妬はしない。自分もほどほど美人だってわかってるし、誰かと競い合ってるわけじゃないから。彼女、海上世界のイベントで四、五人の男女と顔を突き合わせてしゃべっていた。複製画アートを融合させたローブランドを立ち上げて東門で店を開きたい。店はアンテナショップで実益はネット販売で挙げる。聞こえて来たのは、そんな話」

「いつ頃のことですか」

「一ヶ月くらい前ね」

深圳に来て満島に会った直後である。

「起業のプランとしては平凡よ。でも、このコがやればおもしろいかも、と思った。でも、そのときは声はかけなかった。縁があれば、話す機会は自然とやってくるわよ。それが意外と早くやってきたの。華新(ファシン)駅の近くのショップで働いているあのコを見かけたのよ」

華新は華強北(ファチャンベイ)のすぐ北にある深圳中心部の商業エリアである。投資話に厚みを持たせるためショップで働いていたに違いない。

「布のバッグや洋服を売る安物の個人ショップよ。普段なら見向きもしないのに。何だか気になったの。見たらあのコだった。欲しくはなかったけど、布のバッグを買いたいって言ったら選んでくれたの。そのとき、キュンってしたのよ」

　取り巻きが差し出した灰皿に灰を落としてミユはオレを見た。

「こんな安物のバッグ、あたしが持つはずがないじゃないって思ってたのに、あのコが選んだバッグを見たとき、欲しいって思ったの。中学生の頃を思い出した。こんなの欲しかったなって。それで次に海上世界のイベントで見かけたときに声をかけたの。

　あのコ、わたしを覚えていた。起業のプランを訊くと携帯でいくつかのデザインのラフとか縫製工場、店舗、ネットショップのビジネススキームなんかを見せてくれた。デキるコだって思った。投資をしてもいいかなと思ったのよ。でも、横やりが入ったの」

「横やり？」

「どこでもそうだけど人材交流イベントって女のコ狙いの投資家がいるの。みんな、わたしの顔見知り。日本円でせいぜい二、三億円くらいしか持ってないんだけど、本気でお金を増やすための投資は自分の人脈でやって、人材交流イベントには、若くてお金がなくって綺麗な女のコを漁りに来てるの。そのなかのひとりが、今、オレたちで争奪戦をやってるから手を出さないでくれって言うの。それで放っておいたの」

「文紅とは、それきりですか？」

「ふふ、違うわよ」

　意味ありげにミユは笑った。

「また、人材交流イベントの会場であのコを見たの。絡んでくる男を突っぱねていた。その突っぱね方が、けっこうカッコよかったの。それで、この店にあのコを連れて来たの。可哀想だけど投資をする気はなかったの。女のコ狙いの男たちと揉めたくなかったから。ただ、このコ、いったいどうなるんだろって興味が湧いたのよ。

帰りのタクシー代は心配いらないから飲みましょうって誘ったの。まさか、あんな綺麗な日本語をしゃべるなんて思わなかった。日本で育ったのね。

あのコ、あちこちのイベントに毎日、顔を出しているって言ってた。一日に二件ハシゴすることもあったみたい。いい投資家はいるかって訊いたら、アルバイトをしている華新の店まで来る投資家もいるけど、たいてい、わけのわからない男たちから横やりが入るって愚痴ってた。

面白いコって思った。あんな状況になっちゃったら普通はだいたい、落ち着くところに落ち着くの。適当な男と寝て、自分のやりたい夢を実現して、適当に男と別れて……。それが嫌なら、時間がかかっても共同の投資家を集めてやるしかない。でもあのコ、わたしに頭を下げるのよ。百五十万元、今すぐ投資してもらえませんかって。悪いけど、適当に理由をつけて断った。このコ、どうなるんだろうって、本当に興味が湧いたのよ、ふふ、そういうのを見るのって、楽しいじゃない」

ミユは声を上げて笑った。

「彼女、必死だったわよ。可愛かったわよ」

ミユが火をつけた二本目の煙草のきつい香りが、身体の奥にまで入り込んできて神経を刺激する。

ふざけた物言いが癇にさわった。

「何度か、ここで一緒にお酒を飲んだ。身の上話を聞いて、励ましてあげるって感じで。そしたらまた興味が湧いちゃった。

あのコ、起業してお金を稼いで、南寧にいる両親に楽をさせてあげたいって言ったの。酔ってたけど本気みたいだった。それだけじゃないの。日本にもお世話になったお父さんみたいな人がいて、その人にも恩返しがしたいって言うの。あの、安物の洋服がエレガントに見える女優みたいなコがよ。あたしより七歳も歳下の女のコよ。

いまどき中国でも、そんなお涙ちょうだいのお話、聞かない。深圳なんて特にそう。みんな、どうすれば自分が高いところへ上っていけるか、そればっかり考えてるの。それが深圳のパワーよ。なのに、あのコっておかしいわよ。貧乏人のくせに、すっごく、古典的って思っちゃった。それで、最後に会ったのが三週間近く前。近くのクラブで喧嘩騒ぎがあった夜。頭の悪い男がひとり死んだの。ふふ」

ミユが吐き出した煙草の煙がオレの顔にかかった。

「何があったんですか」

「知りたい？　じゃ、ちゃんとお願いして」

ひとつ息を吐き出してオレは言った。

「教えてください」

ミユが取り巻きの三人に広東語で何か言った。三人はニヤニヤと笑っている。

「何て言った」肖に訊いた。

かすれた声で肖が答える。

「これから、あのコがどうなったのか、この彼氏に教えるから、楽しみに見ておいてと、言いました」

「あら、そっちの貧相な若いコは中国人だったの。わからなかった、でもいいわ、関係ない」

ミユは取り巻きが差し出した灰皿で煙草を消して、カクテルを飲んだ。

「あの日、クラブへ誘ってあげたの。レボリューションっていう、すぐそこのクラブ。ＶＩＰの個室があるの。踊っても楽しいけど、踊るのを見てるのも楽しいでしょ。そろそろ、次のフェーズに行ってもらおうと思ったの。あのコが、あたしと同じように一生遊んで暮らせるお金を手に入れたらどうなるのか、そっちの方を見てみたくなったの。

クラブの常連に富裕層の中国人がいるの。日本円で言えば百億円くらいの資産が軽くある五十歳くらいの男。彼、若いパートナーを探していたの、わたしも誘われたけどタイプじゃないから断った。それであのコを紹介しようと思ったのよ。いい話でしょ」

握り込んだ拳が痛んだ。

ミユは笑いながらオレを見ている。

「あたし、もともと日本で働いてたの。日本人だから。でも給料は安いし、上司はうるさいし。北京語と広東語を勉強して、深圳に来たのが四年前。半年後に今のパートナーの愛人になったの。とりあえず、七億円もらった。でも、ほとんど使わない。家はあるし、買い物とか食事は全部、パートナーの決済口座から支払われる。やらなきゃいけないことって言えば、三日に一度、お相手をすることぐらい。海外旅行も自由。だから年に四回、パリにいるの。もともと英語は使えるけど、フランス語もちょっと覚えた」

オレは黙って聞き続けた。

「SNSにいろんな写真をアップすると、日本の友だちが羨ましがるの。去年、離婚した友だちが深圳に来た。富裕層の男を紹介してほしいっていうから紹介してあげたの。若い頃は東京のモデル事務所にいたくらいだから彼女もいい女よ。今は、彼女、ロンドンにいる。夏の深圳って暑いでしょ。彼女暑さに弱いの。たぶん今頃、黒人と遊びまくってる。彼女、黒人好きなのよ。それで離婚したんだけど。

彼女もSNSにロンドンの写真とかアップするの。みんな、真剣に羨ましがってる。九月になったら帰って来るわ。そしたら、パートナーのお相手で忙しくなるけど、彼女のパートナー、そんなに、アレ、強くないから、楽だって言ってた」

取り巻きの三人は、わからないはずの日本語を聞きながら、ニヤニヤと笑っている。

オレは、どうにか自分を抑えた。

「あのコも、百五十万元ぽっちのために男と寝るより、本物の富裕層のパートナーになった方がいいでしょ。南寧の両親も日本のお父さんも、楽にしてあげられる。それに、お金を持ったあのコがどうなるのか、あたしもじっくりと見て楽しめる。思い出した日本のことわざ。一石二鳥ってやつ。ハハハ。それであたし、クラブのVIPルームで彼女にそう言ってあげたの」

「今の話をしたのか」

「ごめんなさいね、彼氏さんがいるなんて知らなかったから。でも、あなた、彼女に、たった百五十万元ぽっちも出してあげられなかったんだから、仕方ないわよ。あたし、あのコのためにもなると思って言ったのよ。悪い話じゃないでしょ。なのにあのコ、なんて言ったと思う」

ミユは突然、目をつり上げて顔を真っ赤にした。

テーブルの上のカクテルグラスが横に飛んで、床で割れる。

「おかしいじゃない。許せない。けっこう可愛がってたのよ。それなのに、馬鹿じゃないって。あたし、もう一度言ってって言ったの。あのコ、もう一度、馬鹿じゃないって、はっきりと言ってくれた。あたしの目を見て言ったの。蔑(さげす)むみたいな目で。許せない。それじゃ、わたしの人生、全否定じゃない。だから、無茶苦茶にしてやろうと思ったの。この女、壊してやるって思ったの」

歯を食いしばって声を噛み殺した。

何か言ったら自分を抑えられなくなる。

「クラブのゴロツキに、好きにしていいわよって言ってやったの。この子たちじゃない。この子たちは、わたしとやりたいって思ってる可愛い子たち。やらせないけど、貧乏人とやったって一銭にもならないから。単なる、話し相手。大人しい子たちよ。

でもクラブには、もっと危ない子たちがいるの。それがけっこう言うこと聞くのよ。何かのときのために普段からお金をバラまいてるから。声をかけたら、五人くらい集まって来た。それであのコを連れてった。一瞬よ」

　頭が熱かった。

　ミユはしゃべった。

「それなのに、あのコ、悪運が強いのよ。頭の悪いのが五人、揉めたのよ。誰が最初にやるかって。それで、ナイフが出て、血が出て、騒ぎになっちゃった。ＶＩＰルームから出たらホールが大変なことになってた。くそって思ったわよ」

　こめかみが震えた。

　握り締めた拳はもう感覚がなくなっている。

　ミユはしゃべり続けた。

「でも、このままじゃ終わらせないって思った。あのコが警官に何か言って警官がわたしのところへ来たの。だから言ってやったのよ。あのコ、ここでミルクティーを売って揉めたみたいって。ふふ、いい話を思いついたものよ。われながら、グッジョブよ。

　あのコ、警官に連れていかれた。あのクラブもしばらく営業停止だったの。三日前にやっと再開。でも、店のことなんて知らない。とにかくあのコは警察が連れてった。本当にミルクティーを売ってれば最高刑は死刑よ。どうなったのかな？　まさか死刑？　それはないわね。でも大変。罰よ罰。いい気味よ。ハハハ、ほんと、いい気味」

「ミルクティーって何だ？」オレは訊いた。

「知らないの。隣の中国人に教えてもらったら」

「おまえに訊いている。おまえが答えろ」

「なに、その上から目線。貧乏人のきく口じゃないわよ。ちゃんとお願いしなさいよ」

「お願いします。教えてください」

オレは頭を下げた。ポケットのナイフが手に当たった。

「ハハ、やればできるじゃない。じゃ、教えてあげる。ナイトクラブでミルクティーって言えばシンフェンジーよ」

「日本語で言え」

「なに、また上から。ま、いいわ、教えてあげる。シンフェンジーは覚醒剤。この国はクスリにはうるさいの。アヘン戦争の影響かな。だから最高刑は」

身体が宙に浮いた。

テーブルを乗り越えてミユの胸にまたがっていた。

ナイフの刃を出して取り巻きに向けると三人がシートから転げ落ちた。

ミユの顔は引きつっている。

ナイフを左手に持ち替えて、右の拳を横面にめりこませた。

ミユが悲鳴を上げる。

また殴った。

取り巻きは三人とも部屋の壁に張りついている。

ミユを殴った。

「殺してやろうか」やっと声が出る。

「佐村さん！」肖が叫んだ。

「殺してやろうか！　答えろ」

「やめて、助けて」

ミユの顔は半分腫れている。

「聞こえない。ちゃんと言え」

「助けて」

「お願いします、助けてくださいだろ。言え！」

「お願いします。助けてください」

刹那、頭が真っ白になった。

そこに、華新の店で働く文紅の姿が浮かんだ。

ナイフが右手に移っている。

ミユと目が合う。

ナイフを逆手に持ち替えた。

「くそぉ！」

「佐村さん！」

振り下ろしたナイフが何かにめり込んだ。

ミユは声を出さなかった。

ミユから離れて部屋の真ん中に戻ると、少しして、嫌な臭いが部屋に漂った。ミユの白いパンツの股間が濡れていて、真っ青な顔の横にシートにめり込んだナイフがあった。

「文紅はどうしてる」言ったがミユは答えない。

ミユのバッグから携帯を取り出して指を当て、指紋認証のロックを解除した。写真アプリを起動しようと思ったが、ミユを殴った右手が言うことをきかない。

「撮れ」

肖に写真を撮らせた。

廊下にウェイターとバーテンが立っていた。

「少し迷惑をかけたがミユさんが、すべて弁償すると言ってくれ」

肖に財布を渡して百元紙幣を三枚ずつ渡させた。

夜の街路は賑やかだった。交差点の角まで来ると、ネオンをまとったココパークの建物が、ひときわ鮮やかに夜のなかにそびえている。

ミユの携帯を歩道に叩きつけると二度バウンドして上を向いて止まった。画面のなかでミユが青い空を背に笑っている。靴裏を落とすと、ぐしゃりと音がして携帯と一緒に女の顔は壊れた。

福田の警察署へ向かった。

観光ビザの日本人がいかない方がいいと肖に言われて近くで待った。

肖は十五分ほどで戻ってきた。

「何も教えてもらえないです。明日、また来ましょう」
大芬に戻った。
布沙路の交差点の近くで、先にタクシーを下りて肖をそのまま帰らせた。
歩きはじめると全身が痛み出した。
坂道を上がって真っ暗な一軒家が見えたとき、頭のなかで声がこだました。
佐村さん――。
文紅の声だった。
「くそっ」誰もいない街路に吐き捨てた。
一軒家の前の暗がりで地面の砂を踏む音がした。
ポケットのナイフを握ろうと思ったが、右手が言うことをきかない。
逃げ出そうと思ったとき、暗がりのなかからはっきりとした声が響いた。
「佐村さん。早く開けて。何なのこの南京錠。入れないじゃない」
一軒家の鉄扉の前に文紅が立っていた。

「中国の警察ってすっごくしつこいのよ。覚醒剤なんて知らないって、何度言っても聞く耳を持たない。尿検査も毛髪検査もやったのにいつまでも拘束されたまま。佐村さんや山井さんのことを隠し通すのに大変だった。嫌な予感がしたから、警官が来る前に携帯は踏んづけて、おこづかいと一緒に店のスタッフに渡して処分してもらったけど、その気になれば、アプリの履歴を辿って、いつどこで電車やタクシーに乗って、何を買って何を食べたか、全部調べることもできる。話をそらすのに苦労したわよ。

それに、すっごく不親切。最後にシャワーを浴びたのが一週間前。今日だって着の身着のままで夕方に釈放されて、ここまで歩いて来たの」

言いながら二階に上がった文紅は「山井さんはどこ?」と部屋を見まわした。

「油画街に住み込んでいる」と答えると文紅は安堵した。

電話をかけたが山井は出ない。

「このところ落ち込んでいる。今からいこう。文紅に会えばきっと元気になる」オレは言った。

シャワーを浴びて髪の毛を乾かした文紅は、すっかり着替えて一階のドアからスクーターを出した。

「後ろに乗って。これならいけるでしょ」

シートの先っぽに、ちょんと座って文紅が言う。

「抱きついていいわよ。ヘンなとこ触んないでね」

オレは左手で後ろの取っ手を握り、痛む右手を文紅の細い身体にまわした。

一本道に出る手前で一度、スクーターを下りたが警官の姿は見当たらない。オレはまた、後ろに乗った。

布沙路の交差点は深夜だというのに幾つかの人影があった。

通りのこちら側に大きなトラックが一台止まっている。

広東語で騒ぐ声が聞こえた。

トラックの脇で運転手らしい男が、十人ほどの人だかりのなかで警官と何かしゃべっている。男は通りの向こうをしきりに指さした。真夜中の布沙路に突然、人が飛び出してきた。たぶん、そう言っていた。

文紅はエンジンを切ると、オレを残して突然走り出した。

倒れかけたスクーターを支えて、オレは歩道の先を見た。

文紅は、大きな黒い水たまりのなかに仰向けに倒れた男の身体に向かって走っている。とおり過ぎた車のライトが照らすと黒い水は、一瞬、赤黒く光って、またもとの色に戻った。

スタンドを立ててスクーターを置き、オレも走った。

倒れた男に取りすがって声を上げて泣く文紅が見えた。文紅の背中のすぐ隣にスキンヘッドに無精ひげの男の顔があった。

「山井さん！」

オレの声は暗い歩道に吸い込まれた。

血だまりのなかの山井は、ピクリとも動かなかった。

泣きじゃくる文紅の通訳で警官の質問に答えた。

話すうちに、正気を失って妄想にとらわれた山井をひとりにしたことを後悔した。

背筋を伸ばし、夜の布沙路の真ん中に歩いて出た山井は、走ってくるトラックの目の前でスケッチブックを開き、運転手の顔を見据えて鉛筆を走らせた瞬間に、吹っ飛ばされて死んでいた。

＊

宝安の満島圧制有限公司の駐車場で、アスファルトの地面に頭を擦りつけた。

「お願いします」懇願しながらオレは文紅の言葉を思い出した。

山井の死亡公証書と火葬証明書を広州市の日本総領事館に提出してパスポートと観光ビザを無効にした日、オレは山井が文紅の莫大な借金を心配し続けていたと話した。それ以上のことは言わなかったが黙り続けていた文紅は帰りの高速バスで突然怒ったように言った。

「これでピカソがつくれなきゃ全員犬死じゃない！」

頭をもう一度擦りつけた。

「百五十万元、貸してください」

「馬鹿か」張偉が笑う。

「佐村です。佐村隆です。損はさせません。話を聞いてください」

隣にいる痩せた若い女に訊かれたくないのか、張は日本語でしゃべった。

「ようやく、まともな給料をもらいはじめたところなんだ。車も家も、自分の持ち物じゃないんだ。金なんてあるわけないだろ」

「じゃ、会社のお金を貸してください」

「そんなことをしたらクビになるだろ。オレはオーナーじゃないんだ」

３Ｄプリンターは徐在との契約にギリギリ間に合う発注をかけた。納品は一週間後。支払いはキャッシュで五日後と書かれた発注書に文紅はサインをした。それから四日が過ぎている。明日の昼までに金が用意できなければ徐在との契約を守ることはできない。

張の隣で痩せた女が広東語で何か言って笑った。

張も笑った。オレは言った。

「じゃ、張さんの信用でお金を借りて、私に投資してください」

「やっぱり、おまえ、馬鹿だな」

「張さん、これを見てください。日本円で十九億二千万円の契約が取れているんです」

オレは頭を擦りつけたまま、徐在との契約書のコピーと印刷したメール文を差し出した。

「契約を果たせば一ヶ月後に金が入って来ます。張さんには十億円差し上げます」

「そんな話、誰が信じる？　嘘にきまってるだろ」

「嘘じゃないです。張さん、この契約に投資してください」

「投資なら、ほかで頼め」

とうに頼んだ後である。

連日、人材交流イベントへ出かけ、文紅がアルバイトをしていた華新の店のオーナーと、オーナーが紹介してくれた三人の人物に会ったが金の段取りはつかなかった。絵画店の呉にも断られた。現実に贋作を売る商売柄、トラブルが付き物の油画街の店には誰とも金の貸し借りや投資をしない不文律があるという。「山井を使うだけ使っておいてそんな理屈を持ち出すのか」

と怒鳴ったが「日本人の情が通じるのは日本だけよ」と文紅は通訳しなかった。

「お願いします。百五十万元……」

声がかすれて、その後の言葉が出ない。

こんなとき肖がいればと思う。みじめな姿を見られてもかまわない。肖ならきっと話の間をつないでくれる。だが、広州市にいった日に文紅から預かった就職祝いを渡して肖とは別れた。今頃、肖は旅行会社で張り切って働いている。

頭がアスファルトに押しつけられた。張の靴がオレの頭を踏みつけていた。

「お金がそんなに簡単に手に入るわけがないだろ」

靴の裏がジリジリとオレの頭の上で動く。

「貧乏人が百五十万元を手に入れるのに何年かかるか、わかってるのか。一晩で一千万元稼げるのは若い美人だけなんだよ。お前じゃ無理だ。働け」

頭がふっと軽くなって、オレはアスファルトの上にひとり残された。女が落としていったのか、ＢＭＷの足元で赤い毛沢東の百元紙幣が一枚揺れていた。

仰向けになって身体を投げ出した。

オレは薄い曇を陽射(ひざ)しが抜けてくる空に向かって思いっきり息を吐き出した。

タクシーを呼んで地鉄の駅へ走った。

満島の事務所に電話をかけるとすぐに折り返しの電話がかかってきた。真昼の深圳を見晴らすタワーマンションの最上階の部屋で、満島は取り引きを渋った。

オレは粘った。

「じゃ、ほかで売ります」最後はハッタリだった。

華新（ファシン）駅で文紅と会った。

一時間ほど話をして商業ビルへいき、買い物をして別れた。


渇ききった喉にアイスコーヒーを流し込む。

福田のビルの二階にあるカフェからは、広い道路を挟んですぐ前に、深圳で最高級のホテルのライトアップされたアプローチが見える。

真新しいヘッドセットを耳に入れて文紅の電話を待った。

華新で買った文紅の二台目の携帯からオレの二台目の携帯に電話がかかったのは、夜の七時半だった。

「じゃ、いくわね」文紅が少し緊張した声で言う。

発信の音声をオフにして電話をつなぎっぱなしにした。

広東語の野太い男の声が聞こえたのは八時ちょうどだった。昼間に話した時間きっかりに満島は来た。

オレはカフェを出た。

ヘッドセットから文紅の携帯が拾う音声が聞こえる。

文紅の甘えたような広東語の声。そこにときどき、満島の声が重なる。そのうちに会話はなくなり、ホテルのロビーに流れるクラシックのＢＧＭだけになった。

オレは道路を渡ってホテルのアプローチに向かった。

その間にもヘッドセットから音声は聞こえてくる。

エレベーターが到着する音。広東語の短い会話――。エレベーターを出る音。沈黙。部屋のドアが開く音、閉まる音――。満島の命令口調の広東語と下卑た笑い――。

ようやく「綺麗なお部屋ですね」と文紅が日本語で言った。

申し合わせた合図である。

彼女の望みを叶えてやってくれとオレが言って約束させたとおり、満島は百元紙幣を二百五十束、合計二百五十万元、日本円で五千万円の現金を持参して文紅の前にたった今、積んだ。

３Ｄプリンターを買うには充分すぎる金だが、オレが五百万元と吹っかけて満島が半値にねぎった文紅の値段だった。

満島の広東語が高圧的になっる。

あしらう文紅の声に焦りがにじむ。

ヘッドセットの携帯を通話状態にしたまま、中国に来てから使っている携帯で文紅が教えた満島の番号に電話をかけた。

満島は電話に出ない。もう一度かけると電源は落ちていた。

文紅の携帯にかけた。日本語で電話に出た文紅に思いつくままがなり立てた。五分ほどして文紅は「満島さんから、佐村さんにかけてもらうわね」と台本どおりのセリフを口にして電話を切った。

ヘッドセットから、満島の怒った声と、なだめるような文紅の広東語が聞こえる。

携帯が震えた。満島は喚き立てた。

「往生際が悪いだろ。二百五十万元用意したんだ。なんだいまさら。いやならこの話はなかったことでいいんだ。楊文紅だけが女じゃない」

オレも喚き立てた。

「女と部屋までいったんだろ。あと五十万元くらい上積みしてもいいだろ。警察を呼ぶぞ」

「呼ぶなら呼べ。まだ指も触れてない」

オレは筋のとおらない話を思いつくままにがなり続けた。

満島が話の途中で電話を切る。オレはすぐに文紅にかけた。

「わかったわよ。もう一度かけてもらえばいいのね」文紅が台本どおりのセリフを言う。

満島がまたかけてきた。喚き散らす満島に、オレは「違うだろ。おかしいのはそっちだろ」と言い続けた。

「お前は話にならない。楊文紅と話す」満島は電話を切った。

ホテルに駆け込んで満島の部屋の呼び出しを頼むと、綺麗な英語をしゃべるフロントマンが電話の子機を持って来た。

子機から広東語でがなり立てる満島の声が聞こえた。

後ろで文紅の声がする。また満島はがなった。しゃべるだけ、しゃべらせていると、受話器のなかは呂律のまわらない喚き声に変わった。

時計を見た。フロントの電話でしゃべりはじめて三分しか経っていない。

満島はまだしゃべっている。日本語なのか広東語なのかわからない。ふいに電話は静かになった。話しはじめて五分がすぎていた。

フロントに子機を返すと、文紅が電話をかけてきた。

「部屋の電話の受話器のコードは外したか」

「大丈夫よ」文紅が答える。

「満島の携帯は回収したか」

「ここにある」

「指紋認証でロックは解除できたか」

「それもＯＫ」

「文紅……」何か言おうとしたが言葉が出ない。

「今から迎えにいくわね」電話は切れた。

エレベーターホールで待っていると、開いたドアのなかに胸の前で部屋のカードキーを握った文紅が立っていた。

部屋は最上階のスイートルームだった。

ベッドの上に満島が寝転がっている。

サイドテーブルに、お茶のコップとほとんど飲み干したビールのグラスがあった。

「ビールはこの一杯か」

「佐村さんと電話をしているときに苛々（いらいら）してたから、これが二杯目」

朦朧（もうろう）とする頭でオレの気配を感じたのか、満島が何か言う。

「大丈夫なの」文紅が訊いた。

「きつい睡眠導入剤だけど、こんな程度の量じゃ人間は死なない。昔、毎晩飲んでいたから、わかってる」

リビングの応接セットのテーブルは、赤い毛沢東が印刷された百元紙幣の束で埋め尽くされていた。

紙幣の束はちょうど二百五十束ある。

文紅が睡眠導入剤の溶けたお茶とビールをトイレに捨ててコップを洗っている間、オレはキャリーバッグに金を詰めた。

ベッドルームで物音がした。手を止めて見にいくと満島が起き上がっていた。

満島が何か叫んだが呂律はまわっていない。

ベッドに押し戻そうと近づいたとき満島の手に小ぶりのスタンガンが見えた。

アッと思った瞬間、脇腹に激痛が走ってオレは床に吹っ飛ばされた。

スタンガンがバチバチと放電する音が部屋に響いた。

顔を上げると文紅が立ちつくしている。

「逃げろ」声をふり絞った。

短い悲鳴が上がった途端、文紅が持っていたらしい護身用の催涙スプレーの缶が床に転がった。

満島の足が文紅に近づく。

オレは這いつくばったまま満島の足に飛びついた。

ベッドに倒れ込んだ満島を追ってオレもベッドに這い上がる。満島のスタンガンがオレの顔の前に来た。手首を握って押さえ込んでいると満島の身体から力が抜けた。

満島の上に覆いかぶさって息を整えた。

スタンガンを部屋のゴミ箱に捨てる。

脇腹の痛みをこらえて立ち上がると文紅は顔をこわばらせてオレを見た。

「大丈夫か」言ったとき、また後ろで物音がした。

「佐村さん！」

文紅が叫んだのとオレがベッドに倒れ込んで満島をかわしたのは同時だった。満島はまた別のスタンガンを握ってオレに覆いかぶさってきた。腕を蹴り上げた。ふらふらになりながら満島はまだスタンガンを握っている。

また覆いかぶさってきた。咄嗟(とっさ)に立てた膝が満島の腹に入って、うっと呻(うめ)き声が漏れた。

オレはスタンガンを取り上げた。

「文紅、眠剤を溶かせ！　もう一杯飲ませる」

残りの札束をふたりで詰めた。

ベッドの下に転がった催涙スプレーを渡すと文紅は言った。

「佐村さんに何もかも話していたら、最初からこうしていたかもしれない。山井さんも死なずに済んだ。でも、あんな男をアテにして中国まで来たって言えなかった」

「こんなこと、山井さんが許すはずがないだろ」

オレは百元紙幣の束をひとつ取り出して紙幣をまとめている封かんを切り、文紅をロビーにいかせた。

満島の携帯で写真を撮って文字を載せ、文紅の携帯に送ると、すぐに返信が来た。

中国語のメールには〈二度と連絡して来ないでください。連絡してきたら、このメールと写真を公開します〉と書かれているはずだった。

「それにしても、危ない写真ね」

タクシーのなかで文紅はつぶやいた。

「天安門万歳って文字だけでも充分よ。この国じゃ誰も口にしない中国共産党がもっとも警戒する現代中国の黒歴史よ。その文字が、中国建国を宣言した毛沢東の顔を下半身のまわりに並べた卑猥(ひわい)な自撮り写真の上に載ってるんだから、下手したらあの男、死ぬ。ホテルの防犯カメラとかを調べれば自分が撮ったんじゃないって言い逃れることはできるんでしょうけど、それ以前の問題。拡散した時点で、お終(しま)い。当局も動くけど、過激な中国人も動く。あの男、絶対、何も言ってこないわね」

明け方、一軒家の寝床から電話をかけた。
電話に出た満島は、不安げな吐息をもらすだけで何も言わなかった。
オレも何も言わずに電話を切った。

六章　3D

設置の業者が引き揚げるのを待ちかねて一階の壁際にまわり込んだ。

外形は幅四メートル、奥行き三メートル。

造形スペースの開閉カバーとモニターがあるだけで操作パネルのない中国製のインクジェット式大型3Dプリンターは、一階の空間を占拠している。

手元をのぞき込みながらカバーを開けて、六本のインクボトルを取り外す。

出荷テストの絵具を水で洗い流してドライヤーで乾かした後、残った汚れを乾性油でふき取る作業を三度繰り返して陰干しにした。ヘッドとノズルも水で洗い、乾性油を入れて噴霧（ふんむ）させると内部の洗浄は終わった。

アプリケーションのインストールを終えたパソコンをブルートゥースで接続して、3Dデータで作動テストを終えた後、タクシーで西の道路沿いにできたサウナへいった。過度に湿気を出さないように、一軒家のシャワーを使うのは今日からやめた。深圳のサウナは、日本で言えばスーパー銭湯のような場所である。

帰りに布沙路（ブウシャルウ）のレストランで晩ご飯を食べて一軒家に戻ると、文紅はデジタル式の精密はかりを使って鉛白と乾性油を大きなビーカーのなかで混ぜ、地塗り材をつくりはじめた。ボトルに装塡(そうてん)して画用紙でテストをした後、キャンバスを造形スペースに置いて座標軸と高さを合わせ、スタートボタンを押した。

地塗り層が塗布されて白くなったキャンバスを乾燥機に入れて軽く乾かし、リビングに上げたのは夜の十時だった。照明を消し、プロジェクターでオリジナルの撮影画像を投影すると、文紅はキャンバスの側面にわずかにはみ出ている地塗り材を描き足した。

オレはもう一度、一階に下りてキャンバスを乾燥機に入れ、摂氏七十度にセットして扉の窓からキャンバスを見守った。二時間のタイマーが切れてブザーが鳴り、キャンバスを休ませてリビングに戻ると、文紅は山井を真似て書いた工程表を壁に貼っていた。

●絵画制作
✓3Dプリンター洗浄
地塗り層（鉛白・乾性油）　3Dプリンター
下描き（木炭鉛筆）　アームロボット
下描き検査（可視光反射撮影のみ）　一眼レフカメラ
絵具層一～五層（油絵具五色・乾性油）　3Dプリンター
絵具層検査　（表面の可視光反射撮影のみ）　一眼レフカメラ
ワニス層（マスチックワニス）　3Dプリンター

「これから二十六日間かけてピカソのアルルカンを完成させる。その翌日に一割の前金を受け取って三日後に香港で一次鑑定を受けることになる。とりあえず明日から三日間、地塗り層を乾燥させる。絵具層に入ったら乾燥作業を強化するから体力的にきつくなると思う。やらなければいけないことは、今のうちにやっておいて」

翌朝、ビザなしで深圳に入った文紅が香港への新たなビザと通行証の申請に出かけていくのを待ってオレは、日本に電話をかけた。

再開した天心教団事務局の電話はすぐにつながった。

電話に出た女性職員に、死んだ妹が長年信仰した教団の本殿再建のために一億円ほどの寄付を考えていると適当なつくり話をすると、新しい事務長だという男が電話を変わって雑談に応じた。オレは妹が所属した支部名を適当に答えた。いるはずのない妹の名前を復唱した事務長は、たしかに名簿にありますねと言った。名簿のデータはクラウドにアップしていなかったのだろう。すべて焼失しているに違いない。どうやら嘘がつき放題だった。

自分は地元の企業を定年退職したばかりの元経理マンで、家族、親戚がそろって信者である。娘は信者の男との結婚を控えていると、べらべらと身の上を話す事務長に、妹が以前していたように、事務長さん個人宛に「寄付」をしたいとオレはささやいた。事務長は携帯番号を教え、すぐに自分の銀行口座の番号を送ってきた。

乾燥機の前から携帯で、オレは五百万円をカワムラ・サチコの名で振り込んだ。

満島からいただいた金は、３Ｄプリンターを買ってもまだ日本円で二千万円以上残っている。その金をすべて使ってでも事務長を取り込みたかった。

文紅が価格の再交渉の話をしないのは思いのほか早く再開した教団事務局が理由だった。

オレは「山井さんとの約束だからお金は文紅が必要なだけ取ればいい」と言って価格の再交渉をうながした。だが、莫大な借金の金額をオレが知らないと思っている文紅は「教団の事務局がもう再開している。交渉がこじれて万が一、佐村さんの身分照会が入ったらふたりとも破滅だから」とうなずかなかった。

このままでいいはずはない。

油画街（ヤオワーガイ）の屋上の小屋で、見覚えのある形式の中文の書類を見つけたのは山井が死んだ夜である。パスポートを探していて手に取ると新たに出てきた借用書だった。ロックもかけずに小屋に置いていた山井の携帯の履歴を見た。山井は一度つながらなくなった文紅の母親と連絡が取れていた。借用書はメールで送られてきたものを山井がどこかで印刷したものだった。

山井が精神のバランスを失ってしまったのは、おそらくこの借用書が原因だった。

半値になった十九億二千万円をすべて注ぎ込んでも借金は返せない。

文紅が抱えている借金は合わせて一億元、日本円で二十億円だった。

夜の間、自然乾燥させたキャンバスを一階に持って下り、乾燥機の前で朝から事務長に電話をかけた。少しでも借金を思い出す話は文紅の前でしたくない問題人物からの巨額の振り込みに動揺したのか、事務長は電話に出ない。

オレは五十万円を振り込んだ。

朝からまた電話をかけたが事務長は出ない。さらに五十万円を振り込んで、午後に電話に出ないなら振り込みの履歴を教主当ての親書で送るとメールで伝えた。

サウナからの帰りに布沙路のレストランに着いたとき、電話がかかってきた。

仕事帰りにどこかで考え込んでいたに違いない。深圳は夜の九時、東大阪は夜十時である。

「あんたカワムラの差し金か。弁護士に相談する」事務長は金切り声でそれだけ言うと、電話を切ろうとした。

「いいんですか」

事務長は黙り込んだ。

「そんなことをしても振り込みの履歴は消えません。こっちの頼みは簡単です。何も悪事を手伝わせようというんじゃないんです。助けていただきたいんです」

事務長は黙っている。すぐにかけ直すと言って一度電話を切り、オレを見ている文紅を先にレストランに入らせた。

かけ直した電話に事務長は出た。

「もし、事務局に佐村隆は何者かと身分照会の連絡があったら、たしかに佐村はうちの事務長補佐で、ピカソの絵の件はすべて佐村が窓口だから、こちらからは直接、何もお答えしないと言ってほしいだけなんです」

「ピカソ？」

「死んだ妹の絵画ビジネスを引き継いでいます。これを何とか成功させたいんです。お願いできませんか。悪事じゃないんです。人助けのビジネスなんです」

口から出まかせの嘘をオレは吐き続ける。

事務長は途中から、半笑いの声になった。

「振り込んだお金、受け取っていただけますか」

「わかりました。しかし、これ以上は困りますなぁ」

電話を切って録音した音声を編集し、メールで送った。

折り返しの電話はすぐにきた。

「何なんですかこれは！」

「あなたが自らの意思で川村佐智子の仲間から金を受け取ったという証拠です。ピカソの件、くれぐれもよろしくお願いしますね」

黙り込んだ事務長にオレはささやいた。

「娘さんのご結婚も近いことですから何かとお金も必要でしょ。事務長さんにも娘さんにも幸せになってもらいたいんですよ。ピカソの件、お願いしますね」

同じ言葉を三度繰り返したとき、事務長は「ほんとにそれだけですか」と泣き声でつぶやいた。

「これで価格の再交渉ができるだろ」

レストランのテーブルでオレが言うと文紅は「こういうことやらせたら佐村さんって天才ね」と笑った。

「仕かけるのはずっと先ね。前金が振り込まれる前日、ワニス層の乾燥が終わる日がいい。アメリカ人コーディネーターのふいを突くのよ。

今月の終わりにロンドンのオークションに、ピカソのデッサンと水彩がまとめて十五点も出る。すべてアルルカン。落札予想価格は十五点まとめて七百万ドル、八億四千万円。実際にはもっと値は上がる。たぶん三十億円くらいになる。あの、アメリカ人、落札しにいくと思う。

コレクションは同じアーティスト、同じテーマでまとまると、さらに価値が上がるの。半値の要求をしてきたのもこの資金を捻出するためよ。徐在は大金持ちだけど、アメリカ人は任されたお金をやり繰りして増やすのが仕事だから。今頃、凄いコレクションが手に入るって思ってるはず。だから、ぎりぎりまで引っ張って、一気にしかける。

再交渉のメールを送るのは、その日の午後一時ね。もし、オークションの内覧にいってたら、あのアメリカ人、きっと慌てる。ロンドンは朝の六時。起きて仕事をはじめる時間だから。交渉は二時間もあれば決着する」

オレは事務長に電話を入れて出勤予定の調整を指示した。

一軒家に戻って寝床の下から膠の作業をした夜に山井がつくった運搬ケースを引っ張り出して、額装を嵌（は）めた絵が入るようにひとまわり大きくつくり直した。

完成した絵をこれに入れ、オレはひとりでスクーターに乗って香港へ向かうと決めている。

絵を検品する時間はもうない。下描きは光学調査の結果と照合して確かめる。画材はどこから試料をとって年代測定をしても問題はない。だが、すべてがオリジナルと一致するかどうかは徐在の鑑定を受けなければわからない。

この後の作業が完璧であっても、残っているかもしれない釘穴の空洞をエックス線透過撮影でたしかめないまま山井が組み上げたキャンバスの木枠は、もうどうすることもできない。

そんな絵をわざわざふたりで徐在に持っていくことはない。

コーディネーターに文紅は解雇したと伝え、受け渡し場所を変えてもらえば、文紅が押しかけてくることはない。オレひとりで徐在に会えば、贋作だとバレても、文紅だけでも助かるかもしれない。真作と認められて絵が売れれば、金は文紅が通帳類を持っている山井の法人の口座に入る。

つくり直した運搬ケースを寝床の下に押し込んで携帯を取り出した。

オレは深圳と香港の間に十ヶ所ほどある出国検査場をもう一度調べ、ここから一番近い羅湖（ローウー）口岸（ハウゴン）検査場までの道順をマップサイトで確かめた。

文紅は香港での宿泊先に中環（セントラル）のホテルを予約したが、それとは別のホテルを探す。尖沙咀（チムサーチョイ）の北、旺角（モンコック）に隠れ家にちょうどいいビジネスホテルを見つけてひとり分を予約した。

*

アームロボットを固定金具とネジ釘でテーブルに固定した。

「昔、本物のピカソが下描きから絵を仕上げる様子を記録したモノクロのドキュメント映画を見たことがあるの。ピカソの筆って勢いがあって、動きも凄く速い。それを再現するプログラムを組んである」

文紅が言ったとおり、三つの関節がついた六十センチのアームが素早く動いてテスト用の画用紙に下描きを描いた。先端にセットした木炭鉛筆の角度を変えてまた描かせ、三枚目のテストで光学調査の下描きのラインと完全に合致した。

地塗りを終えたキャンバスをセットする。

ロボットのアームがまた素早く動いた。

描き上がった下描きを、光学調査の画像と照合して「ＯＫよ」と言った文紅は予定より半日早く、絵具層に取りかかった。

オレがすっかり固くなったチューブ絵具をペンチで開けると、文紅は油分と顔料を大型ビーカーのなかでかき混ぜてデジタル式の精密はかりで計量し、乾性油をくわえた。

シルバーホワイト、ウルトラマリンブルー、カドミウムレッド、カドミウムイエロー、土を顔料とする茶系のバーントアンバーの五色の絵具を、３Ｄプリンターのインクボトルにそれぞれ装塡する。

画用紙のテストが終わった後で造形スペースにキャンバスを入れてスタートボタンを押すと、センサーでインクボトルの絵具の色を認識して一千万色以上を表現する３Ｄプリンターのヘッドが下描きの上を動き出した。

二時間後、ヘッドが止まった3Dプリンターのカバーを開けて思わず「アッ」と声を上げた。光学調査のときに見た痣の印象とは違う、明るくやさしい風合いの絵があった。山井が語ったとおり、ピカソはこの絵の奥底に幸福感に満ちたメッセージを仕込んでいた。

「佐村さん、ここからが大変よ、油絵具の乾燥って印刷インクのUV乾燥のようにはいかないの。油絵に対するUV効果も実証されているから太陽光に当てる自然乾燥も使うけど、あくまでも補助的な作業。メインは乾燥機での強制乾燥なの。

油絵の乾燥は水分を飛ばすわけじゃない。乾性油を固化させるの。空気に触れると脂肪酸が酸素と結びついて乾性油は固化する。高温状態だと固化は進む。五十年かけてカチコチに固まった絵の状態をつくりだすには風と熱が必要なの。だから空気対流式の乾燥機なの。

乾性油って、そんなに簡単には固化しないわよ。でも急激にやりすぎると絵が壊れてしまう。様子を見ながら、乾燥機の強制乾燥と自然乾燥の休憩を繰り返していくしかない。

表面を保護するワニス層の乾燥まで入れればざっと三週間、わたしも佐村さんも、たぶん、まともに眠れない」

一層目を描き終えた絵を一時間ほど自然乾燥させた後で一階の乾燥機に入れた。トラブルが起こらないか、扉の窓をのぞき込む。

自然乾燥の後、文紅と交代したが、瞼の裏に熱風を受け続ける絵が焼きついて神経が立った。

ふたりで交代しながら一階の乾燥機と二階を往復していると、ほかに何も手につかなくなった。三日かけて一層目の乾燥を終えたとき、もうふらふらになっていた。

二層目を描き終えたアルルカンも、光学調査の画像の印象とは違った。さらに絵具が乗ったアルルカンは可愛らしい雰囲気が漂っていた。

また、乾燥作業を続けた。

三層目を描くとアルルカンは急に印象を変えた。段違いの目はひどく陰鬱な雰囲気になって、誰かを妬んでいるみたいに見えた。

四層目を終えると、背景にも油絵具が乗って絵は暗い印象になった。閉じた口は不平をため込んだ印象で、目は怒っていた。

五層目を終えたアルルカンは、目が力を失って、何もかもをあきらめたような枯れた雰囲気の顔だった。

一本道沿いの露店のテーブルで昼食を食べたとき文紅が訊いた。

「佐村さん大丈夫？」

オレは「ああ」とうなずくのが精一杯だった。起きている間、ずっと耳鳴りがした。夜のサウナで食べ放題のフルーツを口に放り込むと身体が少ししゃんとしたが、一軒家に戻ったときにはもう全身がだるかった。

最後の六層目を描くと、絵はオリジナルの印象に近づいた。

一眼レフカメラで撮影して光学調査の画像と照合を終え、表面を保護するワニス層を塗布したとき、オレは３Ｄプリンターと壁の隙間に座り込んだ。

しばらく、３Ｄプリンターの黒いボディを眺めた。どうにか身体を起こしてリビングに上がると文紅が言った。

「佐村さん、ここからが、本当の正念場よ」

「クラックか」

乾燥が進んだ絵の表面にできるひび割れは、オリジナルにあったものは3Dプリンターが正確に再現している。だが絵具層の乾燥具合をたしかめるたびに文紅は「本当のクラックが必要なの」と話していた。

「佐村さん、もう一度言っておく。油絵は美術館で保管してもクラックが増えて当たり前。天心教団が持っていたオリジナルより、さらに増えていても問題はない。むしろ見た目にもリアルよ。

でも、そんなことは大きな問題じゃない。クラックができれば、そこから熱や風が入って油分の固化が一気に進むってことが大事なの。そうならなければ完全には乾燥しないし、見た目が若くて明るい色のままになる。絵を見てきた人間なら、それだけで贋作ってわかる。

あのアメリカ人のコーディネーターだって素人じゃない。どこか一ヶ所、試料を取って調べれば乾燥の甘さがバレてしまう。光学機器で鑑定する以前の問題なの。最初からその色にデータを仕上げても絵が固まっていないことはわかるから無駄。ちゃんとクラックを出して、五十年分の乾燥状態をつくりあげるしかないの」

オレは寝床で束の間、横になって、また乾燥機の前に座り込んだ。

もう、横になっても身体が休まる気がしなかった。

朝も夜もクラックのことだけを考えた。

自然乾燥の時間を利用して香港いきの準備をした。

華強北でオレはスーツと靴を、文紅は黒地に赤い花柄のワンピースとバッグ、ちょっとフォーマルなパンプスを買った。中環（セントラル）のホテルに買い物の荷物を送り終えると、タクシーに飛び乗って一軒家に戻り、絵の表面を観察した。

文紅は竜崗（ロンガン）の中古商社と一軒家の家主に連絡をとって、機械類をすべて売り払う段取りをつけた。その間、オレはひたすら乾燥機の窓から絵を眺めていた。

久しぶりに油画街へいった。呉絵画店でアルルカンのサイズぴったりに調整した額縁を受け取った後で、文紅は麻布のキャンバスに描いたモネの睡蓮（すいれん）と画用紙に油絵具を重ねたゴッホの自画像を買った。

「香港へ出るときの出国検査用よ。中国って美術品の持ち出しは原則禁止だから、それなりに検査がうるさい。面倒な話になったとき、これがあると全部、複製画ですって言える」

文紅の話にオレは「ああ」とうなずいた。

頭のなかに、いつまで経ってもクラックが出ないアルルカンがチラついた。

ポケットに持ち続けているナイフをサウナのゴミ箱に捨てた日、口に放り込んだフルーツは胃から逆流した。徐在との約束の日まであと五日しかなかった。

「文紅待て！」

マウスをクリックしかけた文紅の手首をオレは咄嗟につかんだ。

午後に仕掛ける予定の再交渉の金額を相談しかねて乾燥機の前に座った途端、文紅に呼び戻されてリビングに上がると、こちらが送る前にコーディネーターからメールが届いていた。

明日の前金は支払わず、鑑定がすべて終わった後に全額を払いたいという身勝手な打診だった。

「あのアメリカ人、焦っているのよ。十九億二千万円の一割の前金って二億円足らず。その支払いを延ばしたいって話。オークションの清算のほかにも、細かいお金の動かし方をして切羽詰まっているのよ。チャンスよ。相手が焦ってるなら攻めどきよ。前金はなしでいいから元の値段に巻き直す」

言うと文紅はメールの文面を整えてマウスに手をかけた。

その手をオレは止めていた。

握っていた手首を放して文紅に訊く。

「元の三千二百万ドルより高くふっかけたらどうなる?」

「契約額を超えればあのアメリカ人、徐在におうかがいを立てなきゃいけないと思う」

「アメリカ人が徐在に相談したら、どうなる」オレはまた訊いた。

「最悪、破談ね。双方協議のうえ契約はなかったってこと」

「ロンドンのオークションって大きなオークションなのか」

「サザビーズだから大きいわね」

「十五点のピカソのアルルカンは注目されてるのか」

「死んでから五十年も経ってピカソの絵が同じテーマでまとまって出ることなんて、まずないから、注目度は高いわよ」

「オークションの後、クンストハルのアルルカンの価値はどうなる?」

「確実に、今よりも上がるわよ」

「あの絵の正当な値段はいくらなんだ?」

「オークションをやれば何百億円ね。でも、まだ時効は明けていないから、教団が今手放す価格としては山井さんが最初に言ってた四千万ドル、四十八億円が妥当ね」

「その値段で、徐在以外の買い手は見つかるか?」

「買いたいってコレクターはいっぱいいたから、たぶん見つかる」

「じゃ、四千万ドル、四十八億円で交渉しないか。こっちからふっかけるんじゃない。ひどい条件変更をしかけてきたのは、あのアメリカ人なんだ。オレの身分照会が入っても、今なら事務長がいる。徐在とは破談でいい」

一瞬、文紅が黙った。

オレは自分に問いかけた。

ひとりで絵を持っていくと言いながら、オレは徐在が恐いばっかりに逃げようとしているのではないか。クラックが出ない絵が不安なだけではないのか。

徐在以外のコレクターなら、真贋判定のためにオリジナルの調査データを手に入れて照合するようなことはしない。絵を乾燥する時間も稼げる。だが、新たな買い手が見つかるかどうかは、やってみないとわからない。アートビジネスの世界は刻一刻と変わっていく。春に食いついて来たコーディネーターたちが誰も興味を示さない可能性はある。どこにも売れなければ、すべて水の泡である。

「文紅」オレが言いかけたとき文紅が口を開いた。

「そうね。徐在と別れるチャンスね」

文紅の指がキーボードを叩く音がリビングに響く。

数字を書き換えた文紅がメールの文面を復唱する。

マウスをクリックして文紅はメールを送った。

「ちょっと時間はかかるかもしれないけど、あのアメリカ人、今日中には何か言ってくると思う」

オレはリビングを出て事務長に電話をかけ、身分照会があったときにどう言えばいいかをもう一度、吹き込んで乾燥機の前に座り込んだ。

しばらくして「佐村さん」という声と一緒に、文紅が階段を下りてきた。

時計を見ると、メールを送ってからまだ一時間半しかすぎていない。

「徐在が四千万ドルで買うらしい。あのオバサン怒ってる気がする。一切、値切らなかったから。でも、どうしても欲しいみたい」

「何だって?」

「だから、わたしたちの言い値で徐在が買うのよ」

乾燥機の窓から見た絵にさっきと何も変わった様子はない。

「絵を持っていくのは四日後だよな。香港に移動するのは三日後だな。明後日まではここで乾燥機を使えるよな」

黒いオブジェが頭に浮かんで汗が全身を流れた。

文紅が二階に戻った後で、オレは東大阪の山井のアパートから持ち出して来た写真をポケットから出して心のなかでつぶやいた。この写真から二十年がすぎて文紅は父の所業が原因で二十億円もの借金を背負っている。山井は死んだ。オレは文紅を助けるためにここにいる。そうでもしていなければ、ひとりで絵を持っていく決意が揺らいでしまう。

ふと、振り返ると文紅がいた。

「知ってたの？」

オレは何も答えずに写真をポケットにしまって文紅に訊いた。

「どうしてオレを切らなかったのか教えてくれ」

「佐村さんを絶望させたくなかったからよ」文紅は言った。

「佐村さんの軍資金が借金だなんて知らなかったのよ。佐村には実家の不動産を売った金があるって、山井さんが言ってたから。

香港で契約したとき、わざわざ切らなくても佐村さんは逃げるって思ってた。ふつうは、あんなもの見せられたら逃げるじゃない。それなのに、逃げないから、この人、どうしてなんだろうと思って山井さんを問い詰めたのよ。そしたら、同じ金融屋にお金を借りさせたって白状したの。山井さんは佐村の借金くらい最後にはオレが返してやるって言ったけど、逃げたくても逃げられない人が切られたら絶望するじゃない。

絶望って恐いわよ。お父さんの目が見えなくなるって知ったときも、わたしもお母さんも絶望はしなかった。でも、とんでもない借金を背負わされてどうにもならないって知ったときは絶望したわよ。お母さんが死にたいって言うのはじめて聞いた。だから、佐村さんを切るなんて、できないって山井さんに言ったのよ」

「オレの父親を恨んでないのか」

「とっくに忘れたわよ。誰かを恨んでても何も変わらない」

文紅は手に持っていたタブレットを見せた。

「いざというときは香港に入ってからも乾燥作業ができるように、スタンド式の業務用ドライヤーとハンディタイプの家庭用ドライヤーをネットで買って中環のホテルに送っておいた。明日には届いてる。最後までやりきるしかないわよ」

文紅が階段を上がった後で、オレも同じドライヤーを携帯で探して旺角のビジネスホテルに送った。

*

眠れない身体を持て余してリビングに出た。

深夜の一時前だった。

文紅が乾燥機に入れるために起き出すにはまだ少し早い。誰もいないリビングでアルルカンに顔を近づけた。

いくら見てもクラックは出ていない。

カタンと乾いた音がリビングに響いた。

後ろでドアがスッと開いて、Tシャツ姿の文紅が出てきた。

「誰かいる」

文紅が言ったとき一階でゴトンと低い音が響いた。

耳を澄ませると、ギリギリと何かを擦るような音が聞こえる。

窓から外をうかがうが街路に人影はない。階段を途中まで下りて一階の様子をうかがったが、3Dプリンターの陰にも人の気配はない。その代わりに音は大きくなってくる。誰かが玄関ドアを外から削っていた。

広東語の抑えた笑い声が聞こえた。

ひとりが何か言うと、四、五人の男たちが下卑た笑いを返した。

振り返ると、文紅の顔が強張(こわば)っていた。

クラブのゴロツキに、好きにしていいわよって言ってやったのと笑った、ナカガワミユの声が耳に蘇った。

「ココパークの女の差し金か?」

うなずいた文紅の顔を見た途端、全身が熱くなった。

「佐村さん」何か言いかけた文紅をリビングに押し戻した。

「文紅、着替えろ。逃げる」

「どこへ？」

「中環」

言った瞬間、身体が動いて寝床に飛び込んでいた。ズボンを穿き替えて、サコッシュを肩からかけた。

ベッドの下から運搬ケースを取り出してアルルカンを入れ、呉絵画店で買った額縁の段ボールケースに二枚の複製画を押し込んだ。パソコンは、いつか文紅がしたみたいに電源を入れてペットボトルの水をかけ、ハードディスクを膝で蹴って壊した。データのバックアップを取ったメモリをサコッシュに入れると、文紅が自分の部屋の前でオレを呼んだ。

「佐村さん、こっち」

ドアから首を突っ込む。

「この部屋の天井裏、スカスカなの。多分、屋根も薄い。屋根の上に出られるわよ」

携帯のライトで照らすと、浮き上がった天井の板の奥に暗い屋根裏が見えた。

「無理だ。これじゃ崩れる」

「じゃ、どうするの？」

オレは何も答えずに、文紅の背中に専用ケースのアルルカンを背負わせて、Ｔシャツを割いて紐をつくり、段ボールケースをくくりつけた。

「どうするの？」

また文紅が訊いたが答えなかった。

一階の玄関をギリギリと擦る音は遠慮がなくなっている。

「パスポートとビザと通行証、携帯と財布、それに通帳と印鑑、カード」

「持ってるわよ」文紅が肩からかけたポシェットを見せる。

オレは壁のフックからスクーターのキーをとって文紅に持たせた。

「だから、どうするの」

「文紅、絵を持ってスクーターで突っ走れ。オレは裏のマンションから逃げる。検査場で落ち合う」

「羅湖？」

一瞬考えて言った。

「いや、蛇口（シャーコウ）」

羅湖は近すぎる。中国本土の深圳と香港との境界が開くのは朝である。広い検査場だが追いつかれたら袋のねずみである。労働者と輸送のために二十四時間、開いている検査場もあるが、夜中に移動の足がない。どうせ朝まで逃げるなら、蛇口だった。

「蛇口の開場は七時半。その時間に高速船が出る。出国検査は七時からはじまる」

階段を下りていくと、玄関ドアに隙間ができて街路の薄明かりが入っていた。

男たちの下卑た笑い声が間近で聞こえる。

スクーターに乗った文紅の肩を押すと、スタンドがバタンと上がって表は一瞬静かになった。

広東語が何か言った途端、男たちが叫びはじめて、ドアが大きな音を立てて軋んだ。

文紅がエンジンをかけたのと、オレがカンヌキを外して身体ごと扉を押したのは同時だった。

スクーターのヘッドライトに、両手を広げ、いく手を塞ぐにやけた男の姿が浮かび上がって、壊れかけたドアの前から「ヒューっ」という声が上がる。

「文紅！」

「馬鹿じゃないの！」

オレの叫び声に文紅の声が重なった。

エンジンが唸って、ヘッドライトはにやけた男の頭の上を照らした。

文紅が身体を後ろに倒して前輪を持ち上げたスクーターは、後ろのバンパーを地面に擦って少し進んだ後で男の上にかぶさっていった。

ヘッドライトが揺れた後、横倒しに倒れた男が身体を起こして広東語で叫ぶ。

舗装の悪い坂道にスクーターが遠ざかると、薄闇のなかに、いくつもの影がオレを向いて立っていた。

階段を駆け上がってリビングのドアを閉め、スライド式の掛け金を閉めた。

文紅の部屋に飛び込んで内鍵を閉め、手探りでベッドの上に立つと天井に手が届いた。板を押し上げた先に暗い屋根裏が現れた。

背中でバリバリと音がした。リビングのドアが蹴破られている。

照明がついてドアの隙間から差し込んだ光が、天井裏の頼りない木の梁(はり)を浮かび上がらせた。

薄い板に手をかけ、今、閉めたばかりの内鍵の小さな金属の出っ張りを蹴って片手で梁をつかんだ。埃(ほこり)が顔に降ってきた。目を閉じて片足を天井裏に上げると、頼りない梁は深くたわんだ。どうにか目を開けると、三十センチほど上に家を支える鉄骨の梁が見えた。

右足を伸ばした。足首が鉄骨に引っ掛かる。左足を振り上げた。そのとき天井がバリバリと音を立てて崩れ落ち、オレは文紅のベッドを見下ろして両足で鉄骨にぶら下がっていた。

広東語が喚く。逆さの視線の目の前で、文紅の部屋のドアが蹴破られるのが見えた。全身の力を腹に入れて身体を起こしたが、鉄骨に届いた右手の指先は埃で滑った。

咄嗟に左手を出す。指先がどうにか鉄骨にかかっていた。

右手を伸ばして鉄骨に抱きついた。

鉄骨の梁の上は、もう屋根だった。

足で蹴り上げると、半分腐った木と屋根のトタンが浮いた。

梁に立ち上がって背中で押す。屋根が剝(は)がれて顔が空の下に出た。

広東語の喚き声が足元でした。

見下ろすと、文紅のいく手を阻んだ男と視線が合って、どうしようもない怒りが込み上げた。

破れた屋根の朽ちた木を投げつけると、男はまた喚いて飛びのいた。

入れ替わりに別の男が部屋に入ってきて、アッと言う間に壁を這い上り、鉄骨の梁に手をかけた。男の手を踏みつけて、オレは屋根の上に出た。

曇った空は月明かりでぼんやりと光っている。

横手の古いマンションの壁に這っている樋に抱き付いて滑り落ち、瓦礫が重なったマンションの裏をわけもわからず進んだ。マンションの端までいくと、背丈ほどの段差があった。湿っぽい草の匂いのなかに飛び降りた瞬間、瓦礫を踏んだ右の足首が内側に曲がって激痛が走った。

起き上がったが、右足は言うことをきかない。

片足で跳びながら、草のなかを抜けると、また段差に出た。

足元に瓦屋根が見える。

段差と家の隙間に左足からすべり下りたが、勢い余って右足が地面に着いた瞬間に座り込んでいた。

飛び降りたのは狭い路地のような場所だった。壁を頼りに起き上がり、足を引きずって路地を抜けるとはじめて見る道に出た。車がどうにか行き交える道の向こうにまた路地があった。

誰もいない夜の道路をどうにか横切って路地に座り込む。

携帯でマップサイトを見ると、一軒家の南にある、似たような住宅地にいた。

地鉄の駅が近くにある。そこまで歩いて始発を待てば、蛇口に辿り着ける。

捻った右足はもう熱を持っていた。路地に置いてあった廃材を杖にして立ち上がり、駅を目指して歩いた。坂道を下って広い公園の端まで出たときにマップサイトを見ると、地鉄の駅から離れた別の住宅地に出ていた。引き返そうと考えてあきらめた。下って来た道は、今度は長い上り道だった。

もう一度地図を見ると、大通りまで出てショッピングモールの脇を抜ければ、次の駅があるとわかった。

午前三時をすぎていた。

時間の感覚がおかしくなっている。

三十分ほど歩いたつもりが、もう一時間半も歩いていた。

廃材の杖を頼りに通りに出て、横断歩道のある交差点をどうにか渡り切る。

歩道を歩こうとして動けなくなった。移動の途中なのか、ここへ駆けつけたのか、武装警察の車両が二両ショッピングモールの前に止まっていて何人かの警官が歩道に出ていた。

まさか、あの日の前を、こんな未明に、杖を頼りに足を引きずって歩くわけにはいかない。

反対側へ向き直って、ショッピングモールの裏をめざした。

後ろで警官がオレを見ていないかと気になったが、振り返らなかった。

ようやくショッピングモールの角を曲がったとき、裏手の建物の前にまた警官が立っていた。

マップサイトで確かめると交通警察の拠点だった。

次の角まで仙り着くのに、横断歩道からここまで歩いてきた倍ほどの距離を歩かなければならない。交通警察の裏側をまわる道はないか。地図を見たが国道のインターチェンジが邪魔をしてとおり抜ける道はない。

オレは杖を捨てた。

背を伸ばして右足を踏み出した。痛みが膝の上まで走ってきた。

歯を食いしばって歩いた。

朝になって、こんなところに足を引きずった日本人がうずくまっていたら警官が来て職務質問を受け、オレは日本へ送還される。交通警察の拠点の前で倒れ込んでしまっても、同じことである。オレが絵を持っていかなければ、文紅はひとりで持っていく。その姿を想像してゾッとした。

オレは歩いた。

何事もない姿で歩いた。


もう四時半だった。

小高い公園を迂回する道を歩いていた。この先に地鉄の晒布駅（ジャイブー）がある。六時の電車に乗れば、四十五分ほどで蛇口港駅（シャーコウガン）である。

文紅に電話をかけた。電源は落ちていた。

ミユの手下の男たちは、オレを追ったはずである。まさか、あの舗装の悪い道で転倒したのか。絵は壊れただろうが、文紅が無事であればそれでいい。同じことを何度も考えながらオレは歩いた。

歩道のくぼみにつまずいて柵に持たれた。

痛みをこらえて蛇口を目指した。

絵のことなどもうどうでもよかった。

無事でいる文紅の姿が見たかった。

車がオレを何台も追い越した。辺りはすっかり明るくなっている。顔を上げると、晒布の地下駅の入口があった。

階段を片足で下りて、改札を抜けた。エレベーターでホームに下りると中国語のアナウンスが流れて、ちょうど電車がやってきたところだった。

福田駅で乗り換えて蛇口港駅に着いたとき、六時四十五分だった。改札を出ると警官がいた。

片足で歩くのをやめて右足を地面につけ、タクシー乗り場を探した。検査場のある蛇口郵輪中心（シャーコウクルーズセンター）は、駅から歩いて十五分ほどの距離だった。

車のなかから電話をかけたが、文紅の携帯の電源は落ちていた。

タクシーは郵輪中心の地下のエントランスに止まった。長い上りのエスカレーターの手すりにもたれて上がっていくと、天井の高い巨大な建物の中に出た。

足の痛みをこらえて歩き出したとき、壁を背にして立っていた警官と目が合った。

目の大きな警官だった。

足が思うように動かない。

警官がオレに向かって歩きはじめる。

目が、獲物を見つけたと言っていた。

後ろから別の足音が近づいてくる。

正面から来る警官からどうにか視線をそらしたとき、背中で広東語の声がして警官が立ち止まった。

「文紅！」

「佐村さん、急いで。出国検査がはじまってる」

オレはどうにか振り返って文紅と並んで歩いた。


「ちょっと待ってて」

言われるままにトイレの前で待っていると、文紅はすぐに戻って来た。

「これに着替えて。そのTシャツ、ボロボロだから」

言われて見るとTシャツは脇が裂けていた。

胸に中国国旗がプリントされた土産物の黒いTシャツに着替えて、破れたTシャツをゴミ箱に捨てた。

「日本人の観光客が持っていた方が自然だから」と文紅が渡したアルルカンの入った運搬ケースと段ボールケースをオレは両手で抱きかかえた。

香港で何泊するのか、宿泊先のホテルは決まっているのか、まだ観光をするのか。出国検査場の検査官は、執拗に訊いたが絵には関心を示さなかった。ゴッホの自画像を見た検査官はニヤリと笑うと、いっていいと手で指図した。

同じ蛇口郵輪中心のなかにある香港の入国検査場で、慌てて記入した入管用の用紙を見せてゲートの外へ出たとき、足の感覚はなくなっていた。

＊

中環のホテルの予約は二日後だったが、文紅が交渉して二部屋を用意させた。

オレは文紅がネットで買ってホテルに送っておいた業務用のスタンド式ドライヤーを窓際のイスに置いたアルルカンに向けてすべて並べた。

「ハンディドライヤーで横からも風を当てておいて。ドライヤーが熱くなったら交換して。いっぱい買ってあるから」

文紅に言われるままにオレは熱風を送り続けた。

蛇口へ逃げる途中で携帯を落としてしまったという文紅は買い物にでかけ、携帯と一緒に新しいタブレットと膏薬を買ってきた。

タブレットはアルルカンを撮影してクラックの発生を確認するために使うという。膏薬は文紅が傷めたオレの足に貼ってくれた。

「佐村さん、先に寝て。二時間経ったら起こすから」

ハンディドライヤーを文紅に渡した。ベッドで横になると一晩歩きとおした身体はすぐに眠りに落ちた。

真夜中の道をどこかへ向けて歩き続ける夢を見て目が覚めると、まだ昼過ぎだった。

足の熱は引きはじめている。

文紅と交代して、ハンディドライヤーの風を当て続けた。

部屋からはインターナショナル・コマース・センタービルも巨大美術館M＋も見えなかった。文紅が取ったのは南から日が当たる山側の部屋だった。陽射しに合わせてアルルカンを移動させ、ドライヤーで熱風を送る。

夜、オレはアルルカンの鼻の辺りに、これまでなかったひび割れを見つけた。

「これ、クラックじゃないのか」

部屋に来た文紅は、タブレットの画像と絵を見比べて「間違いないわね」と声をはずませた。

ふたつ目のクラックは、アルルカンの閉じた口元に出た。

文紅が自分の部屋に戻った後も起きては寝て、夜通しドライヤーの熱風を当てていると、クラックは次々と出た。

朝、文紅と数えると絵画全体に三十個のクラックがあった。

「これからどんどん油分が固化して内部の絵具も色が変わるわよ。オリジナルと同じ本物のピカソになるわよ」

「どうにか間に合うな」

オレはドライヤーを持ってアルルカンの前に座った。

クラックは増え続けた。

午後になって絵の色は変わりはじめた。

丸一日がすぎた次の日の午後、新たに生まれたクラックがつくりだす細かな翳に絵は覆われた。

夕方、文紅は携帯のライトで隅から隅まで絵の表面を観察した。

「いい感じね。ワニスが乾燥する間に表面についた五十年分の汚れをまとった雰囲気まで出て来たわよ。あとは、緩めのドライヤーを当て続けて、明日は日光を当てるだけにしましょ」

オレは文紅に訊いた。

「これって本物のピカソのアルルカンなのか?」

「そうね、本物ね」

思わずイスに座り込んだ。

夜の七時だった。

尖沙咀へいくまで、まだ二十四時間あった。

文紅が部屋を出ていった後で、オレはひとりでしばらく絵を眺めた。

タクシーは、国道に出てスピードを上げた。

アルルカンを収めた段ボールケースは、オレの膝の上にある。右足は体重をかけなければ強い痛みはない。腫れも引いて靴はどうにか履けた。

道路は高架になり、窓の外に夜景が広がった。

後ろを振り返ったが、追って来る車はない。

オレはアメリカ人のコーディネーターに電話をかけた。

楊文紅は解雇した。明日は佐村隆がひとりで絵を持っていく。受け渡し場所を変えてほしい。伝えることはそれだけである。

アメリカ人は電話に出なかった。

西側の海底トンネルを出たところで、もう一度かけたがつながらない。折り返しの連絡がほしいとメッセージを送った。

旺角のビジネスホテルは繁華街の通りに面して建っていた。

香港に入った日に確かめたとおり、支払いを済ませた部屋はまだ確保されていて、ネットで買って送ったドライヤーはフロントが預かっていた。

部屋は七階だった。窓の外に灯りはじめたネオンの明かりが見える。額縁から外したアルルカンをイスに乗せ、フロントで受け取ったスタンド式のドライヤーの風を緩く当てながら時計を見ると、中環を出て一時間がすぎていた。

文紅が交渉に使っているメールアドレスに携帯からログインしてみたが、四千万ドル、四十八億円を承諾するメールを受けた後は、やりとりはない。

もう一度、電話をかけて耳を疑った。

アメリカ人はオレの電話を着信拒否にしていた。

アルルカンと一緒にオレが消えた部屋を文紅はもう見ているはずだが連絡はない。電話をかけると文紅の携帯は電源が落ちていた。

中環のホテルのフロントに連絡を入れ、伝言を頼むふりをして文紅の無事を確認した後で、アルルカンに緩いドライヤーの風を夜通し当てた。

ビジネスホテルの部屋も日当たりが良かった。

朝から窓辺のイスに絵を置いて日光を当てる。

オレは真昼の繁華街の喧騒を聞きながら、ホテルの窓辺で一日アルルカンを眺めた。


旺角から尖沙咀へ続く夕方の道は混み合っていた。

車はどこまでいっても途切れない。

ビルの前をとおりすぎるたびに淡いネオンの光が射し込むタクシーのなかで、膝に置いたアルルカンの段ボールケースを握り締めた。

「どうして誰も連絡してこない」

オレの日本語に運転手がピクリと肩を震わせる。

アメリカ人のコーディネーターとは連絡がつかないままだった。文紅の携帯も電源が落ちたままである。もしホテルに文紅が現れたら解雇済だと伝えるだけである。荒い言葉を浴びせてでも追い返すしかない。だが本当に約束どおり尖沙咀へいっていいのかと不安になる。

交差点でタクシーが止まったとき、もう一度、電話をかけたがアメリカ人は出ない。

電話を切ってフロントガラスの前に続くネオンの街に目を凝らした。

尖沙咀のホテルのロビーを見まわした。ブロンドヘアの白人の男はいない。

電話を取り出したが、かけるのはやめた。

フロントのホテルマンと目が合った。

徐在の部屋に直接つないでもらおうと歩きはじめたとき、手のなかで携帯が震えた。

蛇口へ逃げる途中で落としたと言った文紅の古い携帯からだった。

＊

「帰れ」

オレは、ロビーの端にあるラウンジの奥のテーブルで、黒地に赤い花柄のワンピースを着てひとりで座っていた文紅に言った。

「わたしが帰ったら絵を渡せないわよ。あのアメリカ人、クビになったの。蛇口へいく途中で、新しいコーディネーターからメールが来た。すぐに返信して、メールは削除した。連絡は別のアドレスで取り合っている。

わたしの背中にケースを背負わせたときにひとりでスクーターで出ていく準備をしていたんだってわかったわよ。嬉しかったけど、そういうわけにはいかないの。

新しいコーディネーターは中華系の女のコ。さっきまでここにいたけど、今は徐在の部屋。電話をすればここに下りてくる。しなければ、下りて来ない。

新しいコーディネーターはボディガードを連れて下りてくる。暴れたり叫んだりしてもボディガードがおさめて終わり。ホテルの人間は見ないふりをする。徐在のボディガードだから。

あと二十分で約束の七時。それまでにわたしが連絡しなければ、徐在はホテルを出ていく。

約束を破ったわたしたちがどうなるのか、後のことはわからない」

　文紅はオレをじっと見た。

「佐村さん、ひとりでいくのはあきらめて」

　オレは声を押し殺して言った。

「まともに検品もできていない絵を、ふたりで持っていく必要はない。たしかにクラックが入って絵は完璧に乾燥した。でも、下描きの検品しか、まともにできていないんだ。今日の一次鑑定で、蛍光エックス線分析で元素構成の指紋を調べる。でも、指紋が一致しているかどうかも本当にはわからない」

「自分たちの仕事を信じるしかないわよ」

「かりに今日の検査をクリアできても、最後の鑑定がある。木枠のオーク材も、エックス線の透過撮影で検査せずに組み上げている。テラヘルツでは調べたけど、内部に釘穴が残っていたらエックス線の透過撮影で一発でわかる」

「知ってるわよ。竜崗の中古商社とやりとりをしたから」

「じゃ、ふたりもいく必要はない。新しいコーディネーターに電話を入れたらすぐに逃げろ。オレが適当な嘘を言っておく。上手くいけば連絡をする。連絡がなければ、逃げられるだけ逃げろ」

「悪いけど、断る」

「どうして？」オレの声はかすれていた。

「そのアルルカン、真作じゃないけど本物なの。本物の贋作なの。専門家が見ても光学鑑定にかけても誰も贋作とは言わない本物なの。そういう贋作をつくるって山井さんが言ったから、ここまでやってきたの。それなのに、佐村さんがひとりでいくって知りながら、そのままいかせてしまったら、心の底では本物って信じていなかったって後になってきっと思う」

「そんなこと、どうでもいい」

「よくないわよ」

「こだわるな」

「無理ね」

「だから、どうして？」

「楊皓の娘だからよ」

文紅は射るような目でオレを見た。

「画家はみんな、命を削って絵を描くの。ましてやピカソよ。ピカソが人生を賭けて辿り着いたアルルカンよ。どんなに追い詰められていたとしても、わたしがピカソをつくってお金に換えたって知ったら父や母は悲しむと思う。

ぎりぎりの救いは、本物の贋作っていうことなの。教団のピカソが燃えてしまっていたら、これは美術史的に価値のある贋作よ。何年も経ってから贋作だって世間にバラしてもいいの。山井さんとそんな話もした。アートの歴史に残るでしょうね。

なのに、わたしがこれを本物だと信じていなかったって知ったら、父や母はなんて思う？

ましてや、画廊の佐村さんの息子にひとりで売りにいかせたって知ったら、なんて思う？父が喜ぶ？　逆よ。それじゃ、誰も本当には救われないの。佐村さんが、わたしのためにできることは、もうないの」

文紅は時計を見た。

七章　真贋判定

せめて、この嘘を吐きとおせ。

吹抜けの天井まである巨大な窓の外に広がる香港島の夜景を見たとき、オレは自分にそう言い聞かせた。

ホテルの部屋は春とは違う物々しい雰囲気だった。

右手の壁際にはパソコンを置いたテーブルと機材があり、光学鑑定のスタッフらしい人間が五人にいた。男四人と女一人のチームだった。彼らは微動だにせずに伏し目がちに徐在を向いて立っている。

反対側の壁際に背の高い黒いスーツの男がひとり。気配に気づいて振り返ると、オレと文紅の後ろにも黒いスーツの男がふたりいる。新しいコーディネーターと一緒にロビーに来たボディガードだった。

徐在は紫のドレスを着て、半年前と変わらない皺ひとつない顔でオレと文紅を迎えた。

「結局、四千万ドルなのね」ひどいだみ声を響かせて徐在は未練がましく言い、「おやめになります？」と言った文紅を睨みつけた。

「それ、贋品(イェンピン)じゃないの？」

英語のなかに一語、混ざった中国語は、やけに大きく聞こえた。

「失礼でしょ」

オレはすかさず言い返した。

あらためて見た紫のドレスは植物をモチーフにした中華柄だった。

「贋品じゃないの」

徐在がしゃべると、中華柄がうねって動く。

「本物のピカソですよ」渇ききった口でもう一度言ったとき、徐在の膝のうえにあるタブレットが傾いて画面が見えた。あわてて部屋を見まわした途端、身体が強張った。徐在の後ろに背の高い細い三脚に乗せた小さなカメラがあった。

「このところ、感度を上げたサーモグラフィを使ってるの。隠すつもりはないのよ。カメラも見えるように置いているでしょ。これ、四千万ドルの取り引きなの。しかも盗品の取り引きなの。これくらい、ふつうでしょ」

徐在は、真綿で首を締めつけるように言う。

「最初はポリグラフを考えたのよ。いわゆる嘘発見器。でも、絵を売ってくれる人に失礼すぎるでしょ。百パーセントの確率っていうわけでもない。そうしたら、あそこにいるラボチームが感度を上げたサーモグラフィを用意してくれたの。簡易版のポリグラフね。

ご存じでしょ。人間は極度の緊張状態になると体温が上がることを実証したアメリカの心理学者の研究。これなら時間もかからない。白状してくれたら光学鑑定の手間も省けるし、余分な嘘を聞かなくて済む。

効果はあるのよ。この間、これで中国人の女が、真っ赤っかになったの。少し話をするたびに、どんどん赤くなっていくの。異常だったわよ。絵画の取り引きで緊張するのはふつうだけど、極度の緊張状態って、やっぱりおかしいでしょ。ちょっと太った、あなたたちよりも年上の、よくしゃべる女。大きなスターサファイヤの指輪をしてたからフェイクで儲けたのね。でも、真っ赤なサーモグラフィを見せて、今なら鞭打ち一回で許してあげるっていったら、泣いて謝ったわ。約束は守ったわよ。鞭打ち一回だけ。失神したけど、仕方ないわ。

ね、これ、フェイクでしょ。文紅さん、あなた、すごく赤いの。佐村さんなんて真っ赤っかよ。だから訊いているの」

徐在が目配せをするとコーディネーターがテーブルにタブレットを置いた。画面のなかで、深い黄色に縁取りされて真っ赤になったオレと文紅が揺れている。

「文紅さん、相変わらずお綺麗ね。そのワンピースとてもお似合いよ。残念ながら脱いでいただかないといけないんだけど、今なら鞭打ち一回で許してあげる。それとも、こうなる？」

徐在は吹抜けの天井を見上げた。

「フランス人の男のオブジェもこっちに移したの」

黒いオブジェが、ふたつ、オレと文紅を見下ろしていた。

隣にいる文紅の息づかいが変わってハッとした。見ると、男の両手が後ろから文紅の肩を押さえ込んでいる。畳みかけるように徐在は言った。

「ね、佐村さん。よかったら、あなたが文紅さんの分も鞭を受けてあげる？　それでもいいわよ。これ以上、嘘を訊くよりもマシ」

オレは徐在の皺のない顔に言った。

「本物ですよ。一九七一年のフランスで制作された、ピカソ最後の油彩のアルルカンです」

「いいの？　それで」

徐在が自分の膝のうえのタブレットに視線を落とす。

「わたし何も、これですべてを決めようとしているわけじゃないの。ポリグラフだってアメリカの司法制度のもとで証拠能力が認められることは少ない。もしこれが真作なら、あなたたちに、失礼だっていうこともわかってる。そのときは許していただくしかないわ。香港にいる間、支払いを気にせずに、おふたりで好きにすごして。

でも、嘘を聞きたくないの。フェイクじゃないの？」

オレは腹の底から声を絞り出した。

「本物のピカソです」

「フェイクだったら、この後の光学鑑定ですぐにバレるわよ。自分たちも騙されたなんていう嘘は通用しないわよ。シラを切っても、あなたたちのことを徹底的に調べる。いったい、いつ、どこからどこへ移動して、どこで何を買って、何を食べたか。あなたたちの嘘を全部暴いて、それにふさわしい報いを受けてもらう」

「いい加減にしてください！」

「強気ね。佐村さんの心の支えって何？」

「教団です」咄嗟に答えた。

「火災に遭ったのね。お見舞いを申し上げるわ」

「本殿の再建も急務ですが、この絵はわれわれの教主の大切な財産なんです」

「熱心な信者なのね？　でも佐村さん、また赤くなっているわよ」

オレはもう、テーブルの上のタブレットは見なかった。

「絵を調べていただけませんか」

「お望みならば調べるわよ。でも、フェイクでしょ」

「本物ですよ」

「蛍光エックス線分析で下描きを調べたり、エックス線透過撮影でキャンバスの木枠も調べたりしたって話だけど、それで本当に問題がなかったの？」

見ないでおこうと思ったタブレットが視界に入って、赤い人影が目に焼きついた。

「問題はありません」

オレは段ボールケースから額縁のアルルカンを取り出してテーブルの上に置いた。

「ちょっと嫌な絵ね。本当にピカソなの？」

徐在はが薄笑いでオレを見る。

「調べていただければわかります」

春の売買契約から前金の支払い条項を削除して絵の金額を四千万ドル、四十八億円に変更する付随契約書にサインをした。

コーディネーターと入れ替わりに、光学鑑定を担当するラボチームのチーフがソファにきて、聞き取りやすい英語で今日の調査の内容を説明しはじめると、部屋は静まり返った。

テーブルの上のタブレットは、チーフのタブレットやパソコンともつながっているらしく、四種類の調査項目が表示されている。

・可視光反射撮影　絵画表面の照合。彩度（乾燥度合いの推察）。
・赤外線反射撮影　下描きの照合のみ。
・テラヘルツイメージングシステム　木枠内部の照合（主として釘）。
・蛍光エックス線分析　元素構成の照合（特長的な八ヶ所）。

「調査は予定どおり四種類。照合元はクンストハル美術館所蔵の光学調査資料。所要時間は約三十分です。一次鑑定ですが、これでほぼ真贋の判定はつくと思います」

チーフがオレと文紅を見る。

「はじめてください」とオレは言った。チーフが徐在の顔を見てソファから合図を送ると部屋のカーテンは閉められた。

白手袋をはめたスタッフが額縁から絵をはずして検査フレームに固定し、メジャーでサイズを確認する。すぐにLEDライトが点灯して、シャッターの音が響いた。

アルルカンの画像が表示されるまで、ほんの十秒ほどだった。

画面が二分割になる。もう一枚、クンストハル美術館の調査資料らしいアルルカンの画像が現れ、アッと言う間に重なって、右下に〈Same〉の文字が表示された。

「一致です。彩度を調べます」チーフはスタッフを見た。

ふたつの画像は同じ明るさに調整され、右下に〈Reasonable〉の文字が表示される。

「理に適っています。クンストハルの画像より、この絵の方が絵画全体の彩度はわずかに低いです。それだけ乾燥が進んで暗く落ち着いた絵になっていると推察できます」

すぐにLEDライトは消えて部屋の照明が暗くなり、タブレットが赤い画像に変わる。

スタッフが分光器で赤外線領域の光を当てて波長を調整すると、ハイパーイメージングカメラで読み取った画像がタブレットに写し出された。画面が二分割され、ふたつの画像は重なって〈Same〉の文字が表示される。

「下描きも一致です」

部屋の照明は少し明るくなって、テラヘルツで木枠の内部を撮影した透過モードの画像がタブレットに映し出された。画面は二分割になり、美術館がエックス線透過撮影で撮影したらしい画像が現れた。ふたつの画像は重なって〈Same〉の文字が表示された。

「木枠の釘も一致です」

部屋はふたたび薄暗くなり、プロジェクターがアルルカンに碁盤目を映し出す。

最後の蛍光エックス線分析だった。

スタッフが分析機をセットすると、間もなく元素構成のグラフが表示され、画面はまた二分割になった。

耳の奥がキンと鳴って全身が痺(しび)れた。

ふたつのグラフは、明らかに山の形が違っている。画面の右下に〈Not The Same〉の文字があった。

チーフが立ち上がって、スタッフのもとへ向かう。

徐在は表情のない顔でオレを見ている。

すぐに戻ってきたチーフは、作業に間違いはないと伝えた。

「こんなことってあり得るの？」だみ声が耳に響く。

「絵の表面も同じ。十年前に美術館がおこなった調査よりもさらに絵は乾燥が進んでいる。下描きも同じ、キャンバスも同じ。これだけだと不自然なところは何もない。それなのに、絵の中身が違う。ふつうじゃ考えられない。でも、合理的に考えると、これ、フェイクね」

徐在の顔に、不気味な嗤(わら)いが浮かんでいる。

「どうやってつくったの？」

「答えようがありません」文紅が言った。

「本当のことを言って。わたし、嘘は嫌いなの。騙されるのは嫌なの。あなたたち、やっぱり赤すぎるのよ」

　徐在がタブレットの画面をタッチすると光学鑑定の画像が消えて、赤いふたつの人影になった。

「誰がつくったの？」

「ピカソにきまってるだろ！」渇いた喉がヒリヒリと痛い。

　オレを無視して、徐在はコーディネーターの女を呼んだ。

「あなた、どう思うの？」

「これでは、解釈のしようがありません」

　パンと大きな音が響いて、コーディネーターの女がソファの足元に倒れ込んだ。

「ラボのスタッフはアートの専門家じゃないの。だからあなたに訊いているの。これまでに、こんなフェイクはなかったの？　つくる方法はあるの？」

　ぶたれた頰を押さえながらコーディネーターの女は、声を絞り出した。

「過去に聞いたことはありません。つくる方法も思い浮かびません」

　これ以上ないというくらい静まり返った空気のなか「調査を続けませんか？」と文紅が言うと、徐在が顔を上げた。ラボのスタッフは無言のまま動いた。

　タブレットは次のグラフを映し出し、二分割になった。ふたつのグラフは違っていた。

〈Not The Same〉

　チーフは緊張した声で「不一致です」と画面の表示を読み上げた。

「このまま続けてください」

「何を考えている？」日本語で文紅にささやく。

「間違っているのよ、何かが」落ち着いた横顔とは裏腹に、文紅の声は焦っている。

「この調査が間違っているか、クンストハル美術館の資料が間違っているか、資料を取り込むプロセスでミスをしているか、どれかだと思う」

「どれかって、どれだ？」

「一番可能性が高いのは、資料を取り込むプロセスでのミス。でも、わからない」

「日本語を使わないで！」

動かなくなったチーフの前で徐在が訊いた。

「あなたたち、どうするの？」

「最後まで続けていただけません？」


〈Not The Same〉

六カ所目の元素構成のグラフも不一致だった。

薄暗がりのなかで徐在は足を組み替えた。

「これ、フェイクでしょ。それとも、わたしが何か勘違いをしてるの？」

誰も答えない。

〈Not The Same〉

七ヶ所目が不一致になったとき、オレの両肩を後ろの男が押さえた。立ち上がろうとしたが動けない。

「まだやるの？　鞭打ち一回で許すわけにはいかないけど、本当のことを言ってくれたら、今なら明日の朝には帰してあげる。絵もこのまま返すわよ。誰かに売ってお金に換えればいい。でも、とことんわたしを騙そうとするなら、本当に、このふたりみたいになるわよ。背骨が折れて死ぬなんて悲惨よ」

徐在は天井のオブジェを指さした。

「このコ、最後の最後までシラを切ったの。だからこんなことになったの。でも報いって、そういうものでしょ。あなたも中国人ならわかるでしょ。ね、これ以上、わたしを怒らせないで」

男の両手が感触を楽しむように、文紅の肩の上で動いている。

「続けてください。この調査、どこかにミスがあります」

「チーフ、やって」文紅の話を遮って徐在は言った。

画面が二分割されて、違う形のグラフが並んだとき、目の端で文紅のワンピースの裾が揺れた。男の手が文紅の肩をわしづかみにしていた。

画面に〈Not The Same〉の文字が表示されている。

「文紅、何が違う?」

「わからない」

「日本語でしゃべらないで！」

徐在のだみ声にかぶせて、オレは叫んだ。

「クンストハルの資料が、おかしいんですよ！　そんなことも、わからないんですか！」

一瞬、徐在の目が泳ぐ。

この嘘を吐きとおせ！

タブレットのグラフを見た。

絵のどの場所を調べたものかは、すぐにわからないが、最後の照合元のグラフはＺｎが高かい。

オレは春に文紅に渡されて読んだ専門書の一節を思い出して適当な嘘をつくり上げ、早口でまくし立てた。

「Ｚｎの値がおかしいんです。高すぎるんです。こんな資料で照合してフェイクだと決めつけたら世界中の笑い者です。

ピカソはおそらく、シルバーホワイト系の油絵具を使っています。現在では主流の白ではないですが、ピカソの時代はよく使われていた白です。

顔料に鉛白が使われています。当然、Ｚｎの値が高いグラフになります。この絵の色を見るかぎり、ほかにＺｎの値が高くなる理由は考えられません。なのに、クンストハル美術館の調査資料は、シルバーホワイトとは無関係の場所で不自然なほどＺｎが高いんです。楊さんは、さっきからこのことを言っているんです」

何か訊かれる前にオレは続けた。

「クンストハルの元データをこの調査のために整理する段階でミスをしたんです。ミスの有無は、クンストハルの元データと照合すればわかります。しかし、人間が自分のミスを見つけ出すのは極めて難しい。われわれが、春にこの絵を調査したデータが旺角のホテルにあります。こんなトラブルを防ぐためにおこなった調査です。そのデータと突き合わせれば、すぐにわかります。徐在さん、三十分時間をいただきます」

「なんなのそれ。ふつう、クラウドに保存しているでしょ」

「教主の指示でメモリにしか保存していません」

「逃げ出すための嘘？」

「この時間、事務局の職員は不在です。教団の事務局からメールでデータを送らせることも可能ですが明日になります。旺角まで往復すれば、早くて三十分です。たった三十分で四千万ドルの決着がつきます」

「三十分待っても、あなたたちの調査データがクンストハルのデータと照合できる保証はないでしょ。ふたつの調査が、同じ場所の元素構成を調べているなんてあり得ないでしょ」

「あり得るんですよ。全部で二千ヶ所あまりを蛍光エックス線とラマン分光分析で調査しています。つまり、この絵のすべてです」

黙り込んだ徐在を見てオレは、肩に乗った男の両手を払って立ち上がった。

「三十分を惜しんで真贋判定を誤ったら、いつか時効が明けてオークションに出たときに、真昼の美術館から強奪されたこの絵の稀有なストーリーに、徐在さんの間抜けなエピソードもつけくわえられます」

「おもしろいわね。でも三十分経っても戻らなかったら、文紅さんの身に、大変なことがはじまるわよ。あなた、もっと大変なことになって終わる。騙して逃げる罪は重いの。ほんとに大丈夫？」

オレに付いて来ようとした黒いスーツの男を徐在は引き留めた。

男に中国語で言った後で徐在はオレを見た。

「何て言ったのか佐村さんにも教えてあげる。連れの男が逃げるかどうか、文紅さんと一緒に待つ楽しみをわたしから奪わないでって言ったのよ」

尖沙咀から旺角へ続く道路はテールランプの渦だった。急ぎだと言うとタクシーの運転手は西側の道路へ迂回した。

旺角のビジネスホテルの七階の部屋からメモリを持ち出して、フロントに駆け下りた。香港ドルをチップに渡して頭を下げる。

「なんでもいいんです。パソコンを三分だけ貸してください」

狭いロビーにひとつだけあるテーブルで、小さなノートパソコンを開いた。フラッシュメモリに保存してある光学調査のデータのなかから、必要なデータだけを取り出してひとつにまとめ、待たせておいたタクシーに飛び乗った。

尖沙咀のホテルのロビーに駆け込むと、スーツ姿の男が待っていた。まだ薄暗いままの部屋に入ると、足を組んだ徐在の影と背の高いスーツ姿の男の背中が見えた。

ソファをのぞくと、肩をわしづかみされたまま動けない文紅が、きっと背中を立てて座っていた。

ポケットからメモリを出して文紅の肩から男の手を払おうとした瞬間、逆に分厚い手のひらがオレの手首を摑んだ。腕がねじり上げられて指に力が入らなくなった。

男がオレから取り上げたメモリはチーフに向かって飛んでいった。

データを照合するチーフの手元を小刻みに震える身体で見つめた。

文紅は強張った顔でじっと前を見ている。

オレの肩にも男の手が乗って、もう動くことができなかった。


「どういうことなの！」

だみ声と一緒に、徐在の手からタブレットが飛んだ。

チーフの顔でゴンと鈍い音がして、ポロシャツの胸にボトボトと血が落ちた。

うつむいたチーフの顔を平手で叩くと、徐在は「説明して！」とだみ声で叫んだ。

「調査地点を特定する座標軸は縦軸がA、横軸がBのAB地点、縦軸がE、横軸がJのEJ地点というように二桁のアルファベットの組み合わせで表示されます。

クンストハルの調査データは、われわれがふだん使っているラテンアルファベットより一文字多い二十七文字のオランダ語アルファベットで表示されていました。スタッフがそれを誤りだと認識して修正してしまっていました。ずれた座標軸をもとに戻すと、蛍光エックス線分析の元素構成のグラフはどれも、誤差の範囲で一致していました」

「恥をかかせないで！」

長い中国語の叱責が続いた。

だみ声が頭の芯に響いた。

＊

窓の外に夜景が広がっている。

絵も光学機器もサーモグラフィーカメラも五分ほどの間に片付けられて、ラボのスタッフも黒いスーツの男ももういない。

「中環のホテルのオレの部屋はまだあるのか」と訊くと文紅は「ええ」とうなずいた。この先のことは何も考えられなかった。ただ、ベッドで眠りたかった。

「綺麗でしょ」

顔を上げると、白いドレスに着替えた徐在がいた。

「見苦しいところを見せてしまったお詫びのワイン」

コーディネーターの女が黒い手提げをふたつ持ってきた。

「真贋判定の結果は、五日後の午後七時にこの部屋で対面してお伝えするわね。佐村さんと文紅さんのどちらがお見えになっても結構よ。ふたりでお見えになっても、どちらかおひとりでもかまわない。問題がなければ、長くても三十分で終わるわよ」

徐在が言い終わるのを待って重い身体を持ち上げた途端、まただみ声が言った。

「念のため、言っておくけど」

見ると、薄気味悪い嗤い顔が見上げていた。

「もしフェイクだったら、五日後に来ても来なくても探し出すだけのことよ。世界中で華僑のいない国ってアフリカの一部と極地くらいなの。世界は中国なの。逃げれば逃げるほど、報いは大きくなるの」

オレはドアに向かって歩いた。

背中でまた、だみ声が引きとめる。

「あの絵、徹底的に調べるわよ」

振り返ると徐在は、刺すような目でオレを見ていた。

「あなたたち、怪しげだけど、前にも言ったとおり素性を調べるなんてことはしない。そんなことに時間を使うのは、わたしの流儀じゃない。万が一、フェイクだってわかったときに調べればいいこと。絵が真作ならそれでいいの。それが大事なの。だから徹底的に調べるの。あなたたちが、元素構成を蛍光エックス線分析とラマン分光分析の異なる手法で二重に調べたのなら、ラボチームにもそうさせる。

キャンバスの素材も徹底的に調べる。最近、エックス線の透過撮影とテラヘルツにエコー検査をミックスさせて木枠を調べさせているの」

身体の奥が、ぽっと熱くなって、オーク材のなかに残っているかもしれない釘穴が目の前にチラついた。

徐在は見透かしたようにオレを見た。

「超音波のエコーって手軽でしょ。気になった箇所があれば何度でも納得いくまで調べられる。怪しいってなればその場所をテラヘルツやエックス線で重点的に調べればいいのよ。油絵のキャンバスは金属の釘があるから無理だけど、彫刻なんかだとCTやMRIも使うのよ。とにかく今日みたいな失態は二度と繰り返させない」

身体が固まって動かなかった。

ひどいだみ声が追い打ちをかける。

「だから、しつこいようだけど、もう一度だけ訊くわね。あのピカソ、贋品じゃないわよね？」

何か答えようとしたが、パサパサに渇いた口が言うことをきかなかった。

オレの隣で文紅が答えた。

「本物のピカソですよ」

＊

最後の嘘について考えた。

オリジナルにはない、この木の空洞は釘を抜いた痕ではないのかと指摘されたとき、どう言えば徐在を丸め込めるのか——。

旺角から北へ一キロほどの塘尾（トンマイ）にある、古いビル街のビジネスホテルにいた。

通りのビルはどれも、二階から上の住居部分が道路に大きく突き出して一階の店舗に軒をつくり、商店街のアーケードのようになっている。

ビルとビルの間にポンと口を開けた路地に立つビジネスホテルは、一階の受付に香港人ではなさそうな片言の英語しか話せないオバサンが一日座っていた。部屋の鍵は旧式の差し込みキーだったが、身をひそめるにはちょうどいい場所だった。

尖沙咀で徐在と別れた後、中環のホテルに戻るとロビーにミユの手下がいた。文紅と二手に分かれて旺角のビジネスホテルで落ち合った。文紅の部屋をとって一晩いたが翌朝に場所を変えた。

塘尾で外出するのは昼と夕方に食事に出るときだけと決めて、ホテルにこもっていた。

ここに来て、四日目の朝だった。徐在に会うのは明日の夜七時。

時計を見るともう昼の十二時だった。

一階の狭いロビーで文紅は受付のオバサンと広東語でしゃべっていた。

路地から通りに出てビルの軒下をカフェに向かって歩きながら、オレはたまらず文紅に訊いた。

「もし、オーク材に釘穴が残っていたらどうなる？」

「あきらめるしかないわね。もし釘穴が残っていたら、不自然な小さな空洞がひとつ、ふたつじゃなくて、いくつもあるの。エコーで徹底的に見ていけば、ふつうの人間はアレって思う。

エックス線透過撮影でその部分だけ、強度の強いエックス線で撮影すれば確実にわかる。エックス線画像を拡大していけば何かが映ってる。たぶん白く映ると思う。わたしたちの光学調査でもわかっているとおり、オリジナルには空洞なんてない。だから、クンストハル美術館のエックス線画像はいくら拡大しても空洞なんて見つからない。その時点でキャンバスのオーク材が違う木だってわかってしまう」

オレは何も言えずに文紅と歩いた。

文紅は話し続けた。

「じゃ、この空洞は何なのってことになる。あのコーディネーターだって馬鹿じゃないから釘穴だってわかる。最晩年のピカソが使いまわしの木でキャンバスを組むはずがないの。かりに使いまわしたとしても麻布を張れば隠れるんだから入口を塞ぐ意味がない。

誰かが意図的に釘穴を隠したことは明白ね。

徐在のことだから、すぐに絵を壊すでしょうね。釘穴の話だけじゃなくなるわね」

オレを見上げて文紅が立ち止まる。

カフェの前だった。

「木に釘を打てば繊維は壊れるけど、その部分がなくなるわけじゃない。押し広げられるだけ。だから、たとえ五十年間、釘が入ってても戻れば塞がる。水分を含ませて戻した後、何度も乾燥機に入れる間にキャンバスの木も乾燥しては空気中の湿気を吸うってことを繰り返したの。油絵具の乾燥は湿気が少ない方がいいからあの一軒家でシャワーを使うのはやめたけど、それでも空気中に水分はある。木は収縮と膨張を繰り返して元の形に戻っていったはず」

「はず？」

「わたしが大学で学んだのは、アート市場とかオークションの形成とか経済価値と結びついた現代美術の話。キャンバスの素材の話は専門外。東京で働いていたときには油絵のことはずいぶんと勉強したけど、修復工房でやってたのは簡単な仕事ならワニス層のヤニの除去、難しい仕事は完全に剝離(はくり)した絵具層の復元作業。専門は絵の鑑賞面の構造なの。木枠のことはプロとしての知識はあっても専門家じゃない。

でも、山井さんは、戻るって言ってた」

どうしても、尖沙咀で徐在に会って結果を聞かなきゃいけないのか。

カフェのテーブル席でオレが言いかけたとき、文紅が訊いた。

「佐村さんは、これが終わったらどうするの？」

「島之内に帰る」答えに困ってそう言った。

「自転車で帰ってた場所？」

「幸橋から数えて東に十二個目に下大和橋という橋がある。その手前、川の反対側にボロいマンションが建っている。一階が韓国料理店で四階がオレの部屋。オレが暮らす前は半年間、空き家だったから、たぶんまだ誰も住んでいない」

話すうちに、あの場所からまた生きていきたくなった。

「一緒に日本へ来ないか」

馬鹿じゃないのと、笑われると思ったが文紅は「考えておく」とか細い声でつぶやいた。

ホテルに戻った後で、ひとりで外に出て新しいコーディネーターに電話をかけた。

「明日の真贋判定の結果を聞く場所を変更してほしい。一次鑑定で揉めた場所なので気分を変えたい」

折り返しの電話はすぐにかかってきた。

「では同じ時刻に、尖沙咀ではなくて、上環（ショウワン）で」

「明日は佐村ひとりでうかがいます。この後の連絡はすべて佐村までお願いします」

夕食の中華店で文紅に言った。

「明日は、六時にホテルを出る。尖沙咀までタクシーで三十分もあればいける」

場所を変えたことは黙っていた。


「文紅を知りませんか」

朝のフロントでオレはオバサンに向かって叫んだ。

朝食の待ち合わせに来ない文紅に電話をかけると携帯の電源は落ちていた。部屋に上がってノックをしたが応答はない。「文紅！」呼びながらドアを押すと鍵は開いていて部屋は空っぽだった。

オバサンが広東語で何か言う。

オレは必死で英語で訊いた。

「文紅はどこです?」

オバサンは片言の英語で言った。

「早くに出ていったよ。アンタ、生き方を変えた方がいい。コソコソどこかへ電話をして最低だね」

ビジネスホテルを飛び出した。

タクシーに乗った。

運転手がいき先を訊く。

答えることができなかった。

＊

道路は、うっとうしいほどのテールランプの渦だった。

夕暮れの尖沙咀にいた。

文紅にもコーディネーターにも電話はつながらない。

ホテルのロビーにも、ふたりはいない。フロントで徐在の部屋につないでほしいと頼んだが断わられた。

ひとりで徐在に会うために文紅がどこに場所を変えたのか、見当もつかない。

約束の七時まで三十分しかない。

西側の海底トンネルを抜けた。

香港島の上環のホテルのロビーに飛び込んだ。

文紅はいない。

ボーイを呼び止めた。ラウンジをひとまわりしてきたボーイは申し訳なさそうに首を横に振った。

時計を見る。あと二分で七時になる。

タクシーに乗った。「中環！」

二階建ての路面電車（トラム）の横をすり抜けて、タクシーは走った。

以前泊まったホテルのロビーへ駆け込んだ。

「文紅！」

西側の海底トンネルを引き返す。繁華街の道路を旺角へ向かった。

もう時計は見なかった。

オレは運転席に香港ドルの紙幣を投げ込んだ。

「お願いします。急いでください」

「文紅はいませんか」

塘尾の路地にあるホテルに戻ったとき、七時半をすぎていた。

オバサンが広東語で何か言って首を横に振る。

路地を出たところで酔客とぶつかった。

道路を渡りながら振り返ると、一階に眩い店が並んで、二階から上に寂しいモザイクの窓明かりが積み上げるビル街があった。

コーディネーターの女にかけたが、着信拒否のままだった。

文紅にかけた。電源は落ちている。

文紅の古い携帯にもう一度かける。電話はつながらない。

携帯が震えた。

見知らぬ電話番号からだった。

電話に出ると広東語の男の声が何か言った。サムラというオレの名だけが耳に入った。

「文紅はどこにいる。徐在を出せ！」

オレの英語を男の広東語がさえぎる。

男は冷たい調子の広東語をしゃべり続けて「ふふ」と笑った。

電話を切ってビル街の夜道に立ちつくした。

耳元で徐在のだみ声がささやいた。

綺麗なコだったの――。

まだ、二十八歳だったのよ――。

八章　夜市

ペンキが剝がれ落ちた壁をしばらく眺めた後で、ベッドから起き出した。

五階の部屋の窓から下の通りを見下ろすと、昼間の繁華街の喧騒があった。

あのビル街と同じで二階から上が突き出たビルは、一階にテントが張り出して、その下に人が流れている。

いつ眠って、いつ起きたのかわからない。

街のざわめきと空の陽射しで、午後だということはわかる。

時計を見ると昼の二時だった。

文紅の携帯に電話をかけたが、今日も電源が落ちたままである。

一階のコンビニに下り、また一週間分の宿代を払った。

領収書は店のゴミ箱に捨てた。

塘尾の路地にあるビジネスホテルのオバサンは「今からでも遅くはないかもしれないね」と、文紅が、夜市にいってみたいと話していたことを教えた。宿は、夜市が開かれる場所のすぐ近くにある。

あの夜から、何度も見知らぬ番号から電話はかかってくる。着信拒否にしても、また別の番号から電話はかかる。教団の事務長に一度連絡を入れた。オレの身分を照会するような電話は何もないというが、見知らぬ番号からの電話は止（や）まない。だが、宿に身を潜めているつもりはない。

今日も文紅を探しに出かける。

文紅はどうにか逃げだして香港をさまよっているかもしれない。

古い繁華街をひとまわりして香港の地下鉄に乗った。

乗客のなかに文紅を探していると、東側の海底トンネルを抜けて、終点の中環（セントラル）に着いた。

コンノート・ロードの金融街へ歩き、ギャラリービルへ入る。

目の前の店のプレートを見ると、ロンドンに本店を持つギャラリーだった。フランス人の現代アーティストの個展を開催している。スーツ姿の女性ギャラリストに声をかけて携帯を見せた。

「この女性を見かけませんでしたか」

次のフロアへ上がって、オレはまた写真を見せた。

十五階建てのギャラリービルへ移動した。

写真を見せながら、フロアをひとつずつ上がる。

最上階のギャラリーへ上がって、息を呑んだ。

正面の壁一面に、木と釘を撮影したモノクロ写真を延々と反復させたアート作品が展示されていた。まるで、キャンバスの木枠の内部を調べる光学調査の画像だった。

携帯が震えた。知らない電話番号だった。

若い女性ギャラリストが横に来て話しはじめる。

「七〇年代のアメリカで大きなムーヴメントになった、ミニマルアートの流れを汲む作品です。工業用素材や既製品を使ったアートです。今また、静かなブームが来ています」

オレは言った。

「文紅を知りませんか」


コンビニの上の安宿から見下ろすと、暮れはじめた繁華街に人の流れが増えている。

そろそろ、夜市がはじまる。

部屋を出て、文紅を探しながら人波の間を縫って歩くと、すぐに夜市の眩しい光のなかにいた。

食べ物、衣類、雑貨、土産物。何の脈絡もなく続く屋台の前を、人の顔をのぞきこみながら歩く。

赤い器に盛った麺料理の屋台で文紅の写真を見せたが、店主は首を横に振った。

オレはまた歩いた。

携帯が震えた。知らない電話番号からだった。

電話に出て、広東語の男に言った。

「うるさい！」

また夜市を歩いた。

色とりどりのチャイナドレスの店の前をとおりすぎて、反対側の人の流れに目をやったとき、後ろから突然、腕をつかまれた。

「離せ！」

叫んだ瞬間汗に濡れてはだけた胸元が見えた。顔は見ずに腕を振り払って逃げだした途端、後ろから何人もの広東語が喚いた。

オレは逃げた。人に当たりながら走った。顔という顔が、次々とオレを振り返る。男も女も、中華系も白人も。

角を曲がって、夜市から抜け出す。

後ろで別の声が広東語で叫ぶ。

もう一度、角を曲がって、夜市に飛び込んだとき、前から男が来た。人波を横切ろうと思ったが流れに押されて動けない。横から手が伸びて腹に両腕がまわった瞬間、地面にうつ伏せに寝かされて腕を後ろにまわされた。

男が耳元で広東語で何か言ってくる。

「サムライ」の響きが耳に残る。文紅がいなくなった夜、携帯に電話をかけてきた声だった。

突然、別の広東語が割り込んだ。

制服らしいズボン。警官だった。

頭の上で激しい広東語がいき交った後、警官がオレを押さえつけた。

所持品を調べられた。

警官の広東語が、すぐに英語に変わる。

「日本人か。なぜ、まだここにいる」

ビザはとうに切れていた。

逃げ出そうと足掻いたとき、頭の上で聞き覚えのある女の声がした。

ナカガワミユだった。

「せっかく無茶苦茶にしてやろうと思ったのに、悪運の強い男ね」

ミユは広東語の命令口調で何か言った。

激しい広東語が飛び交って、埃臭い地面に頭を押さえつけられた。

オレはもう抵抗しなかった。

＊

都会の暗い川の両側に、これでもかというくらい眩いネオンが並んでいる。

人並みは橋の両側から次々とやってくる。

風が冷たかった。天気予報によれば、今日が冬の底らしい。

アーケードから歩いてきた中国人の家族連れに声をかけて携帯を見せると、簡単な英語の通じた父親が「知らない」と苦笑いで言った。

橋の上で写真を撮っているカップルに声をかけた。ふたりとも困った顔でオレを見た。

大阪の入管から放り出されたとき、十月が終わっていた。

近鉄電車で東大阪へいってみると、山手の道はひどい臭いがした。

天心教の本殿は柱がすべて焼け落ちて、巨大な瓦礫の塊になっていた。ピカソのアルルカンは、たぶんもう、ない。特別室は、瓦礫のちょうど真ん中あたりだった。

島之内のマンションの部屋は空いたままで、未払いの家賃を払うと、そのまま暮らせることになった。

借金は山井の分まできれいに返した。オレの顔を見て金融屋は凄んだが、持参した現金を見て大人しくなった。

金ならあった。

入管にいるときに届いた差出人不明の郵便に、仕事場にしていた幸町のマンションの別の部屋の鍵が入っていた。いってみると誰も暮らしていない部屋の床に札束が積まれていた。

驚きはしなかった。

香港の夜市で警官に取り押さえられながら、ナカガワミユの声を聞いたとき、徐在はオレを追ってはいないと知った。何度も電話をかけてきた広東語の男は、ミユの手下のゴロツキだった。

徐在はアルルカンを買った。

この先ずっと、あの絵はピカソ最後の油彩のアルルカンとして受け継がれていく。

山井や文紅が言ったように、絵は本物のピカソになった。

札束の横には、まるで父の所業を赦(ゆる)すように楊皓の赤い絵があった。

だがオレは一日、島之内のマンションにこもって、夜になると出かける生活を続けている。

絵には短い手紙が添えられていた。


〈佐村さんが結局、ひとりでいこうとしていることは携帯を片手にあの路地を出ていく姿を見たときにわかりました。嬉しかった。でも、そういうわけにはいかないの。徐在とは、湾仔(ワンチャイ)のホテルで会いました。佐村さん、ごめんね。　楊文紅〉


ミナミの橋の上で別の中国人に声をかけた。

こうしていないと精神のバランスを失ってしまいそうになる。

後ろから警官に呼び止められた。

「何をしているんですか」

オレは答えた。

「文紅を探しています」

【主要参考文献】

・書籍

『巨大化する現代アートビジネス』ダニエル・グラネ　カトリーヌ・ラムール　紀伊國屋書店
『ピカソになりきった男』ギィ・リブ　キノブックス
『ピカソの道化師たち』末永照和　小沢書店
『偽りの来歴』レニー・ソールズベリー　アリー・スジョ　白水社
『ハードウェアのシリンコンバレー深圳に学ぶ』藤岡淳一　インプレスR&D

・論文

「ピカソ作《青い肩かけの女》科学調査についての中間報告」長屋菜津子
「美術作品に対する自然科学的調査―非接触調査法を中心に」高嶋美穂　阿部善也　寺島海　高橋香里　村串まどか　谷口陽子
「蛍光X線分析による日本近世絵画の色材調査」杉本欣久　廣川守
「モバイル型分析装置の現状と将来展望に関する調査研究報告書」財団法人機械システム振興協会
「テラヘルツ波を用いたイメージング技術の最近の進展」永妻忠夫
「デジタルカメラによる紫外線撮影法の開発」鷺野谷秀夫

【付記】

本書を執筆するにあたって現役の現代画家、美術館学芸員、キュレーター、新聞記者をはじめ多くの方々に貴重な助言をいただきました。ここに謝意を表します。なお記述の内容はすべて筆者の責任によります。本書はフィクションであり実在する個人、団体とは一切関係はありません。

本作は書下しです。

浅沢英　あさざわえい

一九六四年生まれ。大阪市出身。

「萬」で第5回大藪春彦新人賞。本作がデビュー作となる。

贋品（がんぴん）

二〇二四年四月三十日　第一刷

著者　浅沢英
発行者　小宮英行
発行所　株式会社 徳間書店
〒一四一 - 八二〇二　東京都品川区上大崎三 - 一 - 一
目黒セントラルスクエア
電話［編集］〇三 - 五四〇三 - 四三四九
［販売］〇四九 - 二九三 - 五五二一
振替　〇〇一四〇 - 〇 - 四四三九二

組版　株式会社キャップス
本文印刷　本郷印刷株式会社
カバー印刷　真生印刷株式会社
製本　東京美術紙工協業組合

落丁・乱丁本は小社またはお買い求めの書店にてお取替えいたします。
ISBN 978-4-19-865818-2

鯖(さば)

赤松利市

紀州雑賀崎を発祥の地とする一本釣り漁師船団。かつては「海の雑賀衆」との勇名を轟かせた彼らも、時代の波に呑まれ、終の棲家と定めたのは日本海に浮かぶ孤島だった。日銭を稼ぎ、場末の居酒屋で管を巻く、そんな彼らに舞い込んだ起死回生の儲け話。しかしそれは崩壊への序曲にすぎなかった――。破竹の勢いで文芸界を席巻する赤松利市の長篇デビュー作、待望の文庫化。

文庫／電子書籍

もゆる椿

天羽　恵

道場剣一筋の真木誠二郎は、裏目付の佐野に見込まれてある御役目を言い渡される。尊王攘夷派の黒幕を誅殺すべく、江戸から京まで刺客の供をせよというのだ。鬼のような刺客と聞いて生来の臆病者である誠二郎は怯えるが、現れたのは年端もいかない少女・美津だった――。時代小説に新風を起こす業火の仇討ち旅が始まる。

単行本／電子書籍

マルチの子

西尾　潤

バイト先の掲示板で見つけた奇妙な貼り紙「磁力と健康セミナー・無料開催」。それは地獄への扉だった――認めてほしい。ただその一心で始めただけなのに、どうしてこんなことになってしまったのか。壮絶な実体験をもとに、マルチ商法にはまった女性の〝乱高下人生〟をリアルに描いたノンストップサスペンス！　朝日新聞、週刊文春他多数のメディアで取り上げられた話題作が待望の文庫化！

文庫／電子書籍